Dieses Buch widme ich meinen Kindern als Dank für Ihre Unterstützung. Vor allem meiner Tochter für Ihren unermüdlichen Einsatz.

Auch einen besonderen Danke an Wolli Berry.

Nein, Sir James kommt nicht in die Mülltonne

1. Auflage, erschienen 05-2024

Umschlaggestaltung: Romeon Verlag
Text: Brigitte Prell
Zeichnungen: Wolli Berry
Layout: Romeon Verlag
www.romeon-verlag.de

Die Deutsche Nationalbibliothek verzeichnet diese Publikation in der Deutschen Nationalbibliografie; detaillierte bibliografische Daten sind im Internet über https://portal.dnb.de abrufbar.

Brigitte Prell

Nein, Sir James kommt nicht in die Mülltonne

Dieses Buch richtet sich an Kinder ab dem Vorschulalter. Es soll auf spielerische Weise nachvollziehbar machen, wie beschwerlich der Weg in die Fremde ist. Aber durch den Zusammenhalt und gegenseitige Hilfe auch Freundschaften entstehen können.

Inhalt

Im Keller

Jenny und Tim sollten nur einen Kopf Salat für ihre Mutter aus dem Keller holen, und eigentlich nur Jenny, aber sie hatte immer solche Angst im dunklen Keller. Also ging Bruder Tim mit hinunter – doch was mussten sie entdecken? Eine kleine verschreckte Maus! Zuerst hatten sich alle drei erschrocken: erst der kleine Mäuserich Henry, dann Jenny und auch Tim. Den Kindern fiel ein, dass auch ihr Papa eine Maus gesehen hatte und eine Falle besorgen wollte. Ganz still blieben sie nun sitzen und warteten, was denn nun passiert.

Henry fasste seinen ganzen Mut zusammen und näherte sich den beiden Menschenkindern. Da bemerkten sie, dass das Mäuschen vor Kälte und Erschöpfung zitterte. »Oh du arme kleine Maus, was hast du denn?«, erkundigte sich Jenny mitleidig. »Wir brauchen Hilfe«, piepste Henry ganz leise. Plumps – verwundert setzten sich die beiden auf den Hosenboden. »Du kannst ja sprechen!« »Natürlich kann ich das, ihr doch auch!« »Und wie kommt eine sprechende Maus wie du hier in unseren Keller?« »Ach, das ist eine lange und traurige Geschichte.« »Dann erzähle sie uns doch bitte!« Und Henry begann:

England – Windsor-Castle

Im alten ehrwürdigen Windsor-Castle pfiff der kalte Seewind nun schon seit einigen Hundert Jahren zwischen den starken grauen Mauern und Ritzen, dichte Hecken und Sträucher schützten das Schloss gegen den fortwährenden kalten Wind. Aber auch viele geheime unterirdische Gänge zogen sich wie ein großes Labyrinth unter dem großen Anwesen. Ein Paradies für eine beträchtliche Anzahl Mäuse.

»Wir lebten alle glücklich im Keller eines wunderschönen Schlosses. Mein Onkel, Sir James, unser König Georg mit seiner Frau und seinen zwei

Kindern. Uns fehlte es an nichts,« fuhr Henry mit der Geschichte fort.

Eines Morgens saßen alle am Frühstückstisch und warteten mal wieder auf ihren König. Der Diener erinnerte ihn ständig:»Majestät es ist angerichtet, Ihre Familie wartet bereits auf Sie.«

»Ja, ja ich bin schon auf dem Weg, muss nur noch meine Krone aufsetzen.« Im gleichen Augenblick begannen die Wände zu wackeln, der Boden bekam einen Riss.»O Schreck, was war das? Ein Erdbeben? Sir Edward! Rasch, schauen Sie bitte nach, was da los ist.« Da schon wieder, Panik brach aus, alle Mäuse scharten sich zusammen, weinten und zitterten vor Angst.

Aber es kam noch schlimmer. Wasser drang ein, die Wände brachen einfach weg, die schönen Bilder fielen herunter. Wir konnten uns nirgendwo festhalten und hatten nur einen Wunsch: Schnell raus hier.

Sir Edward versuchte erst einmal, alle zu beruhigen.»Majestät, folgt mir schnell, hier an der anderen Seite gibt es einen Ausweg.« Das Wasser stieg immer höher, die Mäuse hatten Angst zu ertrinken, er rief uns noch zu:»Haltet euch alle fest!« Aber durch den starken Wasserdruck wurden wir alle nach draußen gespült und knallten mit voller Wucht an die Außenmauer. Viele waren dadurch etwas benommen, aber mein Onkel Sir James, der

Bruder des Königs, behielt die Nerven und brachte die verletzten Mäuse in Sicherheit.

Der Schreck war ihnen noch lange anzusehen. Leider mussten wir alle mit ansehen, wie unser Zuhause zusammenbrach, und keiner wusste, woher das ganze Wasser kam. Draußen herrschte ein großes Chaos, von allen Seiten kamen die Mäuse aus der Nachbarschaft und boten ihre Hilfe an. Sir James organisierte bei den Nachbarn ein großes Zelt, warme Decken und heiße Getränke.

Als alle versorgt waren, schauten sie sich um, um nachzusehen, was da eigentlich geschehen war. Das Nebengebäude wurde abgerissen, durch die Erschütterungen waren die Risse entstanden, dadurch konnte das Wasser in das Gebäude eindringen.

Als sich alle im Zelt versammelt hatten, weinten viele, weil sie kein Zuhause mehr hatten. »Wir haben alles verloren, kein Bett, kein Tisch, kein Stuhl. Es bleibt uns nichts, übrig, wir müssen uns ein neues Zuhause suchen, eine neue Heimat«.

König Georg bat seinen Bruder Sir James, mit seinem Mäusevolk eine neue Heimat zu suchen. Sir James nahm die große Herausforderung an und sagte zu seinen Mäusen: »Morgen früh um sieben Uhr brechen wir auf.«

Am nächsten Morgen pünktlich um sieben Uhr verabschiedeten sich die Mäuse von ihren Familien. König Georg übergab Sir James noch eine kleine Tasche und sprach: »Pass gut darauf auf. Sollte mir etwas zu stoßen, findest du darin die Antwort. Nun geht in Frieden und mit Gottes Segen.« Sir James übernahm das Kommando. »So, liebe Mäuse, auf gehts, folgt mir.« Es war noch früh am Morgen, es war sehr windig, nebelig und fing auch noch an zu regnen.

»Das fängt ja gut an«, maulten einige Mäuse, »wir sind noch müde und schlapp, können wir nicht mal eine Pause machen?« »Na hört mal zu«, schimpfte Sir James. »Wir sind gerade mal ein paar Kilometer gegangen. Sicher ist es schwer für uns alle. Wer nicht weiter möchte, hat jetzt die Möglichkeit umzukehren.«

»Aber eine kleine Pause könnten wir doch machen«, sagte ein kleines hustendes Mäuschen. Sir James schaute sich das kleine Mäuschen an. »O, du hast ja Fieber. Ich mache euch einen Vorschlag: Ihr nehmt die Kleinen in die Mitte und unterstützt sie ein wenig, dann fühlen die sich geborgen und wir kommen alle gut voran. Ich weiß, es ist anstrengend, aber wir schaffen das. Wenn wir jetzt Pause machen, erreichen wir zu spät den Hafen.«

Es war bereits Abend, als die müde Schar endlich das Meer erreichte.

»Seht nur«, rief Sir James, »dort liegt das Schiff, das uns in eine neue Heimat bringt.« »Wie kommen wir da rauf?«, fragte eine müde Maus. »Wir warten, bis es dunkel wird, dann laufen wir über die Seile direkt in das Schiff.« »Das schaffen wir aber nicht, da müssten wir ja in das kalte Wasser springen«, jammerte eine andere Maus.

»Wir gehen über das Seil«, sagte Sir James energisch, »oder seht ihr eine andere Möglichkeit, kann
einer von euch fliegen?« Alle quasselten durcheinander. Jeder meinte, er hätte die richtige Idee, um
auf das Schiff zu kommen. Sir James hatte inzwischen das ganze Umfeld begutachtet und kam zu
dem Entschluss, dass es keine andere Möglichkeit
gab, als über das Seil zu gehen.

»Henry, du gehst als Erster rauf und erkundest mal die Lage.« Er tippelte erst einmal über das dicke Seil. »Puh, das Seil stinkt und ist nass, egal«, dann lief er, so schnell er konnte, hinauf und verschwand durch ein großes Loch im Schiff. Du meine Güte, was für eine Hektik hier. So viele Matrosen liefen dort herum, er hörte, wie sie sich unterhielten. »Macht das Schiff klar, in zehn Minuten laufen wir aus.«

Vor lauter Schreck machte Henry einen Satz rückwärts und lief, so schnell er konnte, wieder zurück. Er war ganz außer Puste und berichtete Onkel James: »Wir müssen uns beeilen, das Schiff legt in zehn Minuten ab.« »Wie sieht es dann da oben aus, können wir uns dort auch verstecken?« »Ja, ja, da liegt eine große Plane, da könnten wir erst mal drunter kriechen.« »Ihr habt gehört, was Henry gesagt hat, dann mal alle los, ihre Mäuse.« Henry lief vor, die anderen zögerten erst, dann folgten sie ihm tapfer eine nach der anderen.

Plötzlich ein lautes Hupen. »Was war das?« Ein Seemann rief: »Anker lichten, Schiff ahoi.« »Was bedeutet das?«, fragten die Mäuse, die noch an der Kaimauer standen. »Das heißt, das Schiff legt ab.« »Müssen wir jetzt hierbleiben?« »Nein, ihr müsst nur schnell über das Seil laufen, solange ihr das noch könnt, denn das Seil wird von den Matrosen jetzt abgedreht.« Alle liefen, so schnell sie konnten, über das Seil. Zwei blieben auf der Kaimauer stehen, weil sie sich nicht trauten. Eine davon sprang ins Wasser und schwamm um ihr Leben, erwischte mit letzter Kraft das Seil und ließ sich hochziehen. Glück gehabt. Jetzt stand Sir James mit der letzten Maus allein da, das Seil war weg, die Maus weinte und hatte Angst. Da schnappte sich Sir James die Maus unter den Arm, sprang mit ihr ins kalte Wasser und schwamm um sein Leben, denn das Seil konnte er nicht mehr erreichen.

Henry sah mit klopfenden Herzen die riskante Aktion. Er hatte richtig Angst um seinen Onkel und rief ihm zu:»Onkel James, siehst du die Ankerkette?«»Ja, die sehe ich.«»Dann halte dich daran fest oder klettere hoch.«»Du bist gut, wie soll ich das schaffen mit der Maus unter dem Arm?«»Onkel James, du hast keine Wahl.«

Da kam eine hohe Welle, die knallte Onkel James direkt an den Anker. O, das hat sehr weh getan, aber dadurch hatte er einen Halt am Anker gefunden. Ach du meine Güte, jetzt war die Maus, die er unter dem Arm hatte, auch noch ohnmächtig geworden. Henry war sichtlich erleichtert, als er seinen Onkel James auf dem Anker sah.»Siehst du, Onkel James, jetzt wirst du hochgezogen, aber halte dich gut fest.« Mit einem lauten Rasseln hakte sich der Anker am Schiff ein.

Aber um in das Schiff zu kommen, musste eine weitere Hürde überwunden werden. Wie sollte er das schaffen? Henry rief:»Onkel James, kannst du da rüber klettern?«»Nein, das schaffe ich nicht mit der Maus unterm Arm, die ist ohnmächtig und ich habe mich bei der Aktion schwer verletzt.«»Halte durch, ich lasse mir etwas einfallen.« Verzweifelt suchte Henry nach einer Lösung.

Ein Seil musste her. Aber wie? Und so machte er sich auf die Suche. Überall liefen Matrosen herum. Sie hatten zwar jede Menge Seile in der Hand, aber für Henry waren die viel zu schwer. »Was suchst du?«, fragte ihn eine Maus. Ein Seil, um Onkel James zu retten. Der sitzt draußen auf dem Anker mit einer ohnmächtigen Maus unter dem Arm, er hat keine Kraft mehr«. Onkel James rief: »Henry, Henry, habt ihr eine Lösung gefunden? Ich kann mich nicht mehr lange halten.«

Henry trommelte alle Mäuse zusammen: »Ich brauche eure Hilfe!«»Für was oder für wen brauchst du Hilfe?«»Onkel James hängt draußen auf der Ankerkette, er hat keine Kraft mehr.« Die zündende Idee hatte eine ältere Maus. »Wir machen eine Mäusekette.«»Wie geht das?«»Ihr stellt euch alle hintereinander auf, nehmt eure Pfötchen und haltet den Schwanz vom vorderen Mäuschen fest. So entsteht eine Ersatzleiter!« Die ältere Maus übernahm das Kommando und so entstand tatsächlich eine Mäusekette.

Gott sei Dank, die Rettung nahte, aber der starke Seewind machte es sehr schwierig. Die Mäuse wurden vom Wind hin und her geschleudert und konnten Onkel James nicht richtig erreichen. In letzter Sekunde kam eine starke Maus nah genug an ihn heran, gab ihm ein Seil in die Hand und er ließ es nicht mehr los. »Aber wie komme ich da jetzt hoch? Meine Hände sind steif vor Kälte, meine Beine schmerzen, ich schaffe es nicht, Henry.« »Ich komme runter«, rief der zurück. Schnell kletterte er an der Mäusekette entlang und versuchte zunächst, die ohnmächtige Maus aus dem Arm von Onkel James zu holen.

»Ich brauche noch eine starke Maus hier unten«, rief er. Denn jetzt wurde es kritisch, der Wind, die Kälte und der Regen wurden stärker. Die Mäuse wurden bei der Rettungsaktion hin und her geschleudert. Endlich ging es voran. Die ohnmächtige Maus war nach oben transportiert worden, so hatte Onkel James seine Hände frei und konnte unter Schmerzen nach oben krabbeln. Sie waren alle erschöpft, aber erleichtert darüber, dass die Rettung gut ausgegangen war.

Wegen der Anstrengung mussten sich erst einmal alle ausruhen. Onkel James spürte seine Verletzung und war sichtlich so erschöpft, dass er gleich einschlief. Henry war sehr besorgt und wich nicht von seiner Seite. Als Onkel James sich etwas erholt hatte und wach wurde, kümmerte sich Henry gleich um ihn. »Mir ist kalt, meine Hände und Beine tun weh.« »Ich weiß, du musstest ja die Maus festhalten. Wie geht es der eigentlich?« »So weit ganz gut.«

»Ist die kleine Maus wieder bei Bewusstsein?« »Ja, wir haben zum Glück eine Krankenschwester bei uns, die hat sich um sie gekümmert, jetzt kann sie auch mal nach dir und deinen Verletzungen schauen.«»Mensch, die kleine Maus hat es mir aber auch nicht leicht gemacht. Wäre sie mit den anderen Mäusen direkt über das Seil gelaufen, hätten wir uns viel Aufregung ersparen können.« »Onkel James, wir müssten eigentlich ins Warme und brauchen auch etwas zu essen.«

Fledermaus Sophie

»Gute Idee!« Woher kam diese Stimme? Das war keine Mäusestimme! Alle schauten sich um und sahen eine Fledermaus auf einem Rumfass sitzen. »So was haben wir noch nie gesehen, eine Fledermaus mit großer Brille. Die sieht komisch aus, aber cool. Was machst du denn hier?«

»Ich bin euch gefolgt und habe eure Rettungsaktion beobachtet, das habt ihr gut gemacht! Die Brille habe ich hier auf dem Schiff gefunden, damit kann ich meine Augen etwas schützen und im Hellen super sehen. Ruht euch aus. Ich fliege mal herum und schaue, ob ich einen warmen Schlafplatz und etwas zu essen für euch finde.«

Es dauerte nicht lange, da war die Fledermaus mit einer guten Nachricht zurück. »Im Maschinenraum ist es schön warm.« Schnell folgten sie alle der Fledermaus und jeder suchte sich ein eigenes Kuscheleckchen. Nach sehr kurzer Zeit machte sich bei allen der Hunger bemerkbar. Einige versuchten, in die Vorratskammern zu gelangen. Doch da kam man absolut nicht durch, die Türen waren aus festem Stahl, also gab es kein Essen.

Es wurde heiß darüber diskutiert, wie sie an etwas Essbares herankommen könnten! »Haltet durch, meine Freunde«, rief die Fledermaus und flatterte mit der coolen Brille davon. »Was hat die vor?«, erkundigte sich Henry. »Ich kann es dir nicht sagen, die ist schon etwas komisch, warten wir mal ab!« Es dauerte keine zwei Minuten, da kam sie mit einer frohen Botschaft zurück. »Im Mitteldeck also zwei Treppen höher, hat gerade eine große Gruppe Urlauber gegessen und allerlei übrig gelassen. Also kommt schnell mit, bevor die Kellner alles abräumen.« »Wir sind im Moment noch zu schwach, ich auch, ich auch«, klagten die Mäuse. Onkel James war selbst ebenfalls sehr schwach, raffte sich aber auf. »Ich brauche ein paar starke Mäuse, die mir helfen, etwas Essbares herbeizuschaffen.«

Schnell waren ein paar starke Helfer bereit. Die Fledermaus sagte: »Ich helfe euch!« Dann machten sie sich im Gänsemarsch auf den Weg. Schon bei der ersten Treppe gab es Diskussionen. »Da kommen wir nicht rauf!« »Ihr müsst die Rückseite von der Treppe benutzen«, sagte die Fledermaus. Viele jammerten und keuchten vor sich hin. »Mensch, ist das anstrengend, so kommen wir nie oben an.« Onkel James versuchte, sie bei Laune zu halten. »Beißt eure Mäusezähne zusammen, wir haben es gleich geschafft.« Als sie oben ankamen, war die Freude riesengroß. »Das ist ja wie im Schlaraffenland.« »Meine Güte, was die Leute einfach so liegen lassen.« Alle Anstrengungen waren vergessen, sie fielen über das Essen her und aßen sich so richtig satt.

Onkel James sagte: »Nun ist genug, denkt auch an die anderen, die warten schon bestimmt auf uns, die haben ja auch Hunger.« »Ja Onkel James, du hast recht, aber wie bekommen wir die Speisen dahin?« »Wir benötigen zwei bis drei Pappteller, ich werfe sie euch einzeln zu, ihr fangt sie auf und ich schiebe das Essen runter auf die Teller. Sobald der erste Teller gefüllt ist, lauft ihr los. Aber seid leise und beeilt euch.« Der Plan funktionierte einwandfrei. Onkel James gab sich alle Mühe, doch er war schnell erschöpft und bat die Fledermaus um Hilfe. Sie schob mit ihrem breiten Flügel das Essen über den Tisch direkt auf die Teller.

Sie waren gerade fertig mit der Aktion, da hörten sie, wie die Kellner näherkamen, um die Tische abzuräumen. »Du meine Güte«, sagte einer der Kellner, »schau mal, wie die Gäste die Tische verlassen haben!« Innerlich freuten sich die Mäuse. »Das haben wir noch gerade so geschafft und großes Glück gehabt. Wenn die Kellner früher gekommen wären, wäre das bestimmt anders ausgegangen. Das haben wir nur der Fledermaus zu verdanken. Aber wo ist sie?«, fragte Onkel James.

Die hatte wieder alle Hände voll zu tun und ihre Flügel waren schon wieder im Einsatz. Nun standen sie mit ihren befüllten Tellern an der Treppe und waren völlig ratlos. »Wie kommen wir da jetzt runter?« Wieder einmal half die Fledermaus mit einer guten Idee. »Versucht es mal so: Vier Mäuse halten den Teller etwas schräg, ich gehe eine Stufe tiefer und balanciere mit meinen Flügeln den Höhenunterschied aus. So nehmen wir Stufe für Stufe und befördern das Essen die Treppe runter.«

Das Essen kam unbeschadet bei den ungeduldigen, hungrigen und wartenden Mäusen an.»Ihr wart aber lange fort«, beklagten sie sich. Als alle genüsslich über das Essen herfielen, erwähnte Onkel James:»Wir wollen uns ganz herzlich bei der Fledermaus bedanken, ohne sie hätten wir das nicht geschafft. Wo ist sie denn?« Die Arme lag ganz entkräftet in der Ecke. Onkel James setzte sich zu ihr und sah sofort, dass es ihr nicht gut ging.»Was ist mit dir?«»Meine Flügel tun mir weh!«»Das tut mir sehr leid. Du hast uns schon so oft geholfen, wie kann ich dir jetzt helfen?«

»Übrigens, ich habe mich noch gar nicht vorgestellt, ich bin Sir James. Und wie heißt du eigentlich?«»Ich heiße Sophie, ich muss mich ausruhen und ins Dunkle legen. Bei der ganzen Aktion mit den Tellern habe ich auch noch meine Sonnenbrille verloren.« Onkel James legte Sophie vorsichtig in eine geschützte Ecke.»Mir ist kalt, ich brauche eine Decke«, wisperte sie leise.»Ich kümmere mich darum.« Onkel James rief alle Mäuse zu sich.»Wir müssen jetzt der Fledermaus helfen. Ihr ist kalt, wir brauchen eine Decke oder ein Tuch, wir müssen irgendetwas organisieren«. Henry erinnerte sich:»Ich habe ein Tuch gesehen, als wir uns das Essen holten.«

»Ich brauche zwei freiwillige große Mäuse«, sagte Onkel James. Es waren sofort mehrere da, um der Fledermaus zu helfen. Also machten sich die drei auf den Weg über lange Gänge und Treppen hinauf. Sie hatten großes Glück, das Tuch lag noch da. Einer der Kellner wollte es gerade aufheben, mit einem Wusch hatte Henry es weggezogen und rannte, so schnell er konnte, davon.

Es war doch nicht so leicht, das große Tuch treppauf, treppab durch die Gänge zu transportieren. Die Mäuse hatten es sich leichter vorgestellt. Einmal blieb das Tuch an einer Stufe hängen, ein Passagier bemerkte das, wollte es gerade aufheben, aber am anderen Ende zogen die drei Mäuse ruckartig daran. Schließlich segelte das Tuch wie ein großer Schmetterling die Treppenstufen hinunter. Schnell liefen sie hinterher, um es aufzufangen. Das war nicht einfach, sie sorgten sehr um Sophie. Eine Maus fragte: »Muss sie jetzt sterben?« »Nein, nein, sie ist nur schwach und kann im Hellen eigentlich gar nicht sehen. Darum hatte sie ja auch immer die komische Sonnenbrille auf.« Aber die schien sie verloren zu haben. Als sie bei Sophie ankamen, schlief sie bereits. Sophie bemerkte gar nicht, dass Onkel James ihr das Tuch überlegte.

Inzwischen hatten sich einige der jungen Mäuse auf den Weg gemacht, um zu erkunden, wie alle wieder von dem Schiff herunterkommen könnten. Im Mitteldeck des Schiffes befanden sich mehrere Lastwagen. Hier wollten sie sich einen Transporter aussuchen, der alle mitnehmen sollte, um das Schiff zu verlassen.

Der Gemüse- und Getränketransporter war nicht das Richtige. Auch der Kühltransporter war nicht das Richtige. »Nee, nee, der ist zu kalt, lasst uns weitersuchen.« »Das hier wäre der Richtige!« »Wieso?« »Der hat Schweine geladen.« »Das müssen wir schnell Onkel James berichten.« Sofort nahm Onkel James Verbindung mit den Schweinen auf. »Wohin geht die Reise?« »Nach Köln in Deutschland auf einen Bauernhof, dort sollen wir verkauft werden.« »Könnt ihr uns mitnehmen? Wir sind 30 Mäuse und suchen ein neues Zuhause, da wäre Deutschland nicht schlecht.« »Ja, das kriegen wir hin, Platz ist genug da. Aber ihr müsst euch beeilen, wir sind gleich am Hafen, dann geht es sehr schnell vom Schiff runter.«

Die Ausschiffung

Onkel James trommelte schnell seine Mäuseschar zusammen. »Es geht los, meine Freunde.« Die Mäuse kletterten geschickt über die dicken Reifen und dann hoch in den Wagen. »O, das ist ja richtig gemütlich mit dem Stroh. Aber wie bekommen wir Sophie hier rauf?«»Gute Frage.« Onkel James schlug vor:»Wir machen die Räuberleiter!«»O Mann, das wird aber eine Plackerei«.»Muss ich euch daran erinnern, was Sophie bereits für uns getan hat?«»Ja, ja, ist ja schon gut, wir geben uns Mühe.«»Das hoffe ich auch!« Ruckzuck schafften sie es, die Fledermaus in den Wagen zu heben. Henry bereitete einen Platz für Sophie vor mit viel Stroh, damit sie schön warm lag.

Als die Schweine das große komische Tuch sahen, fragten sie:»Was bringt ihr denn da, was ist das?«»Das ist unsere Sophie. Die hat uns bei der Flucht schon so oft geholfen. Jetzt braucht sie unsere Hilfe, denn sie ist eine Fledermaus und hat im hellen Licht mit ihren Augen Schwierigkeiten zu sehen. Außerdem ist sie erschöpft und müde, deshalb haben wir Sie in ein Tuch gewickelt.« Schnell hatten die Schweine einen besonderen Platz hergerichtet. Es dauerte auch nicht lange und es ging los. Die Passagiere machten sich fertig, die Wagen waren jetzt abfahrtbereit und fuhren vom Schiff in Richtung Köln.

Während der Fahrt führte Onkel James lange Gespräche mit den Schweinen und erkundigte sich, wohin sie verkauft würden. Als sie in Köln ankamen, ging alles sehr schnell. Die Mäuse bekamen Panik, kletterten, ohne zu überlegen, aus dem Lastwagen, liefen einfach weg und ließen Onkel James, Henry und Sophie stehen. »Was war das denn jetzt?«, sagte Onkel James ganz entrüstet. »Ich kann es nicht glauben, was machen wir jetzt? Wir beide bekommen Sophie so nicht runter.« Als sich die Ladeklappe öffnete, standen die Bauern schon bereit, um die Schweine abzuholen. Die Schweine erkannten gleich, dass es schwierig werden würde, Sophie vom Wagen zu bringen. Henry und Sir James hatten erhebliche Schwierigkeiten und versteckten sich erst mal unter dem Wagen. Als es etwas ruhiger wurde, nahmen sie Sophie mit dem Tuch und schleiften sie behutsam über den Hof. Es war eine große Anstrengung, teilweise mussten sie rückwärts gehen.

Sie waren so beschäftigt und außerdem so wütend, weil sie allein gelassen worden und mit Sophies Transport überfordert waren, dass sie das große Loch nicht bemerkten. Mitsamt dem Tuch und Sophie fielen sie durch das Loch. Es ging steil nach unten, sie fielen und rutschten erbarmungslos in die Tiefe.

Nun saßen sie benommen irgendwo im Nirgendwo. »O Gott, wie konnte das passieren?« Onkel James war ohnmächtig und Sophie vor lauter Schreck wach geworden. »Wo sind wir?« »Sophie, ich kann es dir nicht sagen!« »Sophie, du musst mir helfen, Onkel James ist ohnmächtig geworden.« »Ja, ich sehe es.« »Wir müssen für ihn einen geeigneten Platz suchen, damit er zu Kräften kommt.« »Und wie geht es dir, Sophie?« »Es geht mir so weit gut, ich schaue mich mal um, wo wir hier gelandet sind«, erwiderte sie und flog los.

Sie kam schnell mit einer guten Nachricht zurück: »Ich habe ein gutes Plätzchen gefunden, genau das richtige für Onkel James, ein großes Rohr mit einem Lichtstrahl.« »Prima, komm, wir bringen ihn erst einmal dort hin. Hey Sophie, was ist mit deinem Flügel passiert? Du, der hängt so komisch, hoffentlich ist da nichts gebrochen!«»Nein, das glaube ich nicht, aber er schmerzt schon ein bisschen. Ich hatte mich auf dem Schiff, als wir das Essen geholt haben, überanstrengt. Im Moment kann ich nicht fliegen, das wird schon wieder, ich muss mich nur ein bisschen ausruhen.« Dann gingen beide vorsichtig durch die Rohre und fanden einen Kellerraum mit großem Fenster, wo die Sonne hineinschien. Das war für Sophie zu hell. Henry hatte ja noch das große Tuch.»Schau mal, Sophie, hier in der Ecke ist es dunkel, leg dich erst mal hier hin.«

Damit beendete Henry seine Erzählung.»Auf diesem Weg sind wir nun bei euch gelandet. Jetzt brauche ich eure Hilfe, vor allem etwas zu essen und zu trinken«, sagte er zu Tim und Jenny.

Die Geschwister hockten sprachlos und mit offenem Mund vor der kleinen Maus. Sie konnten fast nicht glauben, was sie gerade erfahren hatten.»Wie können wir euch denn helfen?«, fragten die beiden ganz aufgeregt.»Ich muss Onkel James und Sophie versorgen, vor allem meinen Onkel. Der liegt immer noch ohnmächtig und entkräftet drei Rohre weiter von hier.« Die Geschwister waren sich einig: Da müssen wir unbedingt helfen.»Was braucht ihr denn?«»Unbedingt etwas Fettiges, zum Beispiel Speck, für Sophie Blutwurst oder Marmelade.«

»O je, wie kommen wir jetzt an Speck?«»Es kann auch ein Stück Camembertkäse sein.« Jenny zögerte nicht lange und lief geschwind die Treppen hoch in die Wohnung, um ein Stück Camembert aus dem Kühlschrank zu stibitzen. »Na, Jenny, hast du eigentlich schon den Salat aus dem Keller geholt?« »Nein, den hole ich jetzt schnell.« »Was willst du mit dem Käse? Den magst du doch gar nicht!« »Och, ich probiere jetzt mal ein kleines Stück.« Die Mutter schüttelte den Kopf. Ist doch etwas seltsam, die mag absolut keinen Camembertkäse, dachte sie. Dann rannte Jenny schnell wieder in den Keller.

»Hier, Henry, hast du den Käse für deinen Onkel, für Sophie mache ich später ein Brot mit Marmelade. Wir bringen erst mal den Salat nach oben, nach dem Essen kümmern wir uns um die Fledermaus.« Henry schnappte sich den Käse und ging zu seinem Onkel James. »Ich bringe dir deinen Lieblingskäse«, kündigte er an. Onkel James konnte den Henry zwar hören, aber nicht antworten, er war einfach zu schwach, sogar das Atmen viel ihm schwer. Henry hob sein Köpfchen: »Schau mal, was ich dir mitgebracht habe«, und fing an, ihn zu füttern. »Henry, ich habe großen Durst!« »Aber woher soll ich denn so schnell etwas zu trinken bekommen?«

Henry schaut sich schnell um. »Schau mal Onkel James, da an der Wand hängen ein paar Wassertropfen, meinst du, wir schaffen es bis dahin, wenn ich dir helfe?« Henry stützte seinen Onkel, so gut er konnte, und dachte: Mensch, ist das schwer. Aber nur so kam er an die Wassertropfen. »O Henry, das hat mir gutgetan, auch der Käse war sehr lecker, ich danke dir. Wo hast du den her?«»Das will ich dir jetzt erzählen. Wir haben ein neues Zuhause gefunden bei netten Leuten.«Darauf antwortet Onkel James mit ernster Stimme:»Es gibt keine netten Menschen. Die wollen nur eines: uns mit widerlichen Mausefallen fangen. Sie legen Speck in die Fallen, wenn wir den Speck naschen wollen, hängen wir schwupps in der Falle. Also sag mir nichts von netten Menschen, die gibt es für uns nicht.«

»Doch, doch Onkel James, du kannst es mir wirklich glauben. Sie heißen Tim und Jenny, die wohnen direkt hier im Haus und wir können hier Keller bleiben.«»Na gut, wir werden sehen, wer recht hat. Sind wir beide allein hier gelandet? Wo sind die anderen alle?«»Die sind gleich nach der Ankunft hektisch aus dem Lastwagen gesprungen, haben sich noch nicht einmal verabschiedet und haben uns allein gelassen. Wenn uns die lieben Schweine nicht geholfen hätten, wäre das bestimmt anders ausgegangen.«

»Du erinnerst dich, wir haben Sophie mit dem Tuch vorsichtig über den Boden gezogen. Tragen konnten wir sie nicht, du warst ja auch zu schwach. Dann sind wir ein Stück rückwärts gegangen, haben einen Augenblick nicht aufgepasst und sind in einen großen Schacht gefallen. Du bist von dem Aufprall ohnmächtig geworden, und Sophie hat sich den Flügel noch mal so richtig verletzt.«»Wo ist Sophie?«»Die Kinder haben Sophie in eine ge-

schützte Ecke gelegt und mit dem weißen Tuch zu-
gedeckt«.

»Die beiden, Tim und Jenny kommen, gleich
noch mal runter, sie bringen Sophie ein Marmela-
denbrot, da kannst du die beiden kennenlernen.«
Kurz darauf kamen Tim und Jenny in den Keller
und brachten ein Brot mit besonders viel Marmelade drauf. Sophie aß alles hastig auf. »Das habe ich
jetzt auch dringend gebraucht, ich danke euch!«
»Was macht dein Flügel?« »Dem geht es zwar noch
nicht besser, aber macht euch keine Sorgen, der
wird schon wieder.« Jenny rief: »Henry wo bist du?«

»Ich komme und bringe meinen Onkel James mit,
es dauert etwas länger, ich muss ihn unterstützen.«
Dann kamen beide aus dem Loch. Erst Henry, der
Onkel traute sich noch nicht so richtig. Aber Henry
ließ nicht locker und ermunterte ihn. Nach langem
Zögern wagte er erst mal einen kleinen Blick, mus-
terte die beiden und kam dann doch ganz heraus.

Tim und Jenny begrüßten ihn gebührend mit Sir
James, denn sie hatten ja von Henry erfahren, dass
die beiden von Adel waren und mit Sir angeredet
wurden. »Also, ihr beiden, ihr habt uns hier aufgenommen und mit Essen versorgt, dafür möchte ich euch danken. Aber bitte redet uns nicht so
förmlich mit Sir an, wir sind für euch Onkel James
und Henry. Nun muss ich mich wieder zurückzie-
hen, ich fühle mich sehr schwach und habe keine

Kraft.«»Ja, tu das, Onkel James, ich bleibe noch etwas hier!«

Von oben rief die Mutter schon mehrmals:»Wo bleibt ihr denn? Es ist schon spät! Ihr müsst ins Bett.« Sie wollten gerade nach oben gehen, da fing Henry an zu weinen und zitterte am ganzen Körper.»Was ist los?«, fragte Jenny ganz bekümmert.»Ich habe Angst, Sophie ist verletzt, Onkel James zu schwach, außerdem fühle ich mich einsam.«»Wir wissen doch auch nicht, wie wir euch helfen können.« Von oben kam schon wieder die Ermahnung:»Bitte raufkommen.«

»Jenny, was meinst du? Sollen wir Schlappi fragen, ob er hier unten bleibt?«»Wer ist Schlappi?«, fragte Henry.»Das ist mein Hund, du wirst ihn mögen, das ist mein Goldschatz.« Tim lief schnell nach oben zu seinem Lieblingsplüschtier. Denn mit ihm konnte er reden, genauso wie mit all seinen Plüschtieren.»Du, Schlappi, musst du nicht noch mal an die frische Luft?«»Nein, warum?«»Du musst uns helfen.«»Wobei?«»O je, wie soll ich dir das jetzt auf die Schnelle erklären?«»Dann erkläre es mir!«»Unten im Keller sind zwei Mäuse, Sir James und Sir Henry, und eine Fledermaus Sophie. Die sind krank und haben Angst allein im Keller.«»Das klingt ja dramatisch, aber im Keller ist es mir zu kalt.«»Ich nehme dir eine Decke mit, also bist du einverstanden?« Als sie das hörten, wollten auch Tims andere Kuscheltiere bei diesem Abenteuer dabei sein: der Marienkäfer Babsi und die beiden

Teddys Luis und Oskar. Tim sagte: »Das geht auf gar keinen Fall«.

»Warum nicht?« »Dann habe ich selbst keinen zum Knuddeln. Wir können uns aber täglich abwechseln und absprechen, wer unten bleibt, denn die Mäuse sind noch länger da.« »Aber Tim, sag mal, wieso sind Mäuse und eine Fledermaus bei uns im Keller? Wo kommen die her? Was wollen die bei uns und wie sehen die aus?« »Die eine Maus hat weiße Flecken und die anderen sind krank und schwach. Aber ich sehe schon, das alles hat hier keinen Zweck, wir gehen alle in den Keller!«

Tim schnappte sich Luis und Oskar unter den Arm. Schlappi musste laufen. »Warum trägst du mich nicht auch?« »Ich habe nur zwei Arme.« Jenny kam ihnen schon entgegen, um zu sehen, wo Tim blieb. »Wo wollt ihr denn alle hin?« »Das kannst du dir ja wohl denken.« Erst gab es eine Diskussion, wer mit in den Keller durfte und wer nicht. Also gingen alle mit und wollten die neuen Besucher begrüßen.

»Tim, wo willst du jetzt noch mit deinen Teddys hin?« »Och, Mama die brauchen mal eben frische Luft, und Schlappi muss Gassi.« »O, o, Tim, du mit deinen Geschichten, wo soll das noch enden! Bleibt nicht zu lange, denn es ist eigentlich schon lange Bettzeit.« Als alle in den Keller kamen, huschte Henry direkt in das große Loch und kam erst wieder heraus, als Tim und Jenny ihn beruhigt hatten.

»Schau, Henry, das sind eure neuen Freunde. Das sind die Teddys Oskar und Luis, das ist Babsi, der Marienkäfer, und das ist unser bestes Stück, der Hund Schlappi, der bleibt heute Nacht bei euch.« »Ich auch«, sagte Babsi. Schlappi legte sich vor das Loch und bot Henry sein langes Ohr als Schlafgelegenheit an. Henry fühlte sich sofort wohl, und schon waren die beiden beste Freunde. »Nun, wo geklärt ist, wer diese Nacht hier unten bleibt, können wir beruhigt schlafen gehen.« Babsi rief noch schnell hinterher: »Lasst bitte das Fenster auf, damit ich jederzeit raus kann, um Hilfe zu holen.«

Die Eltern hatten inzwischen den Tisch abgeräumt, die Spülmaschine gefüllt und schauten auf die Uhr. Es war schon halb acht, die Kinder mussten unbedingt ins Bett. Die Mutter wollte gerade rufen, da kamen die beiden bereits zur Tür herein. »So, jetzt haben wir alles im Griff«, sagten sie und waren erleichtert. Mama hakte gleich nach. »Was habt ihr im Griff?« »Ach ja, mh ja, eh«, stotterten die beiden, »wir wissen, es ist schon spät, wir gehen auch gleich ins Bett.«

Die Mama streifte sich durchs Haar und dachte: Freiwillig ins Bett gehen, ohne zu maulen und ohne Gute-Nacht-Geschichte, das gab es ja noch nie. Irgendetwas stimmte da nicht mit den beiden. Sie ging noch mal ins Kinderzimmer, um Gute Nacht zu sagen. »Na, ihr zwei, ist wirklich alles in Ordnung? Schultasche gepackt? Aber irgendetwas stimmt doch nicht mit euch, wo ist denn Schlappi?«

»Och den haben wir im Keller gelassen, der muss auf Sophie, Sir James und Sir Henry aufpassen, Babsi ist auch dabei.«»Mein Gott, Tim, was hast du dir denn da schon wieder für eine Horrorgeschichte ausgedacht. Mit dir geht die Fantasie wieder durch, macht bitte auch das Licht gleich aus und versucht zu schlafen. Ach Tim, ehe ich es vergesse: Ich bringe dich morgen mit dem Rad in den Kindergarten, denn ich fahre gleich Mäusefallen kaufen!«»Wieso denn?«»Der Papa hat im Keller eine komische Maus gesehen mit so weißen Flecken.«»Ja, ja Mama ist gut, gute Nacht.«

Kaum war die Mutter aus der Tür, begann eine heiße Diskussion. Oskar, Luis, Püppchen und alle Stofftiere setzten sich auf Jennys Bett.»Was machen wir jetzt? Wir müssen Henry warnen, der darf nicht mehr so frei rumlaufen.« Im Kinderzimmer wurde es immer lauter, das störte auch den Vater. »Was ist denn da los? Zanken die sich wieder?« Die Mutter stürmte ins Kinderzimmer.»Was ist los, es ist schon spät, ihr solltet eigentlich schon schlafen. Tim, wieso sitzt du in Jennys Bett? Und was machen die ganzen Stofftiere hier im Bett? Tim, ab in dein Hochbett.« Traurig kletterte er die Stufen hoch. »Hier hast du noch deine Teddys, ohne die kannst du ja nicht einschlafen.« Mit ihrem Wurf knallten die beiden an die Wand und fingen fürchterlich an zu weinen.»Tim, sag jetzt nichts, ich weiß, deine Teddys fühlen auch den Schmerz.«

Die Mutter ging hinaus und schüttelte den Kopf. »Genau!«, rief Tim seiner Mama hinterher. Oskar und Luis beschwerten sich bei Tim: »Übrigens kannst du deiner Mutter sagen, dass die uns nicht immer so schmeißen soll, es hat uns ordentlich wehgetan.« »Na großartig, könnt ihr mir sagen, wie ich das machen soll? Wie soll ich meinen Eltern erklären, dass ihr sprechen könnt und wir euch auch hören können? Die verstehen das nicht, die halten mich ja sowieso schon für ein bisschen verrückt.«

»Was war denn los mit den beiden?«, fragte der Vater, als die Mutter zurück ins Wohnzimmer kam. »Die wollten noch nicht so richtig schlafen.« Endlich kehrte Ruhe ein, der Fernsehfilm war zu Ende und der Vater ging noch ein paar Schritte über den Hof. Auf einmal sauste die Nachbarkatze Samson an ihm vorbei, direkt in den Keller. Der Vater murmelte vor sich hin: »Die Kinder haben schon wieder die Tür vom Keller aufgelassen. Heute passt es gut, so erledigt sich das Problem mit den Mäusen vielleicht von allein.« Er schloss die Tür zu und das Drama begann. Im Keller wurde es laut. Der Vater dachte: O, das ging ja schnell, vielleicht hat die Katze schon die Maus gefangen, dann brauchen wir keine Mausefallen mehr. Dann ging er beruhigt nach oben und erzählte seiner Frau, was er gesehen hatte. »Soll ich dann morgen keine Mausefallen kaufen?« »Doch, doch, wer weiß, wie viele Mäuse schon im Keller sind.«

Im Keller wurde es unruhig. Henry merkte die Gefahr, er hatte große Angst um Onkel James. Schnell huschte er zu Schlappi. »Komm schnell, leg dich bitte vor das große Loch, eine Katze ist hier im Keller und will uns fressen.« »Wer ist im Keller?«, fragte Babsi. »Nicht so laut, es ist die Nachbarkatze!« »Solange ich hier bin, frisst keiner wen auf, geh ruhig wieder in dein Rohr, ich passe schon auf.«

Sophie, die in der anderen Ecke vom Keller lag, wurde auch wach. »Was ist los?«, wollte sie wissen und staunte nur. »Wer bist du oder ihr?«»Ich bin Babsi und das ist unser Schlappi, der passt auf Onkel James und Henry auf. Außerdem haben wir gerade ein großes Problem.«»Und was für eins?« »Hier im Keller ist eine Katze!«»Ja, die kann ich sehen. Wenn aber Schlappi vor dem großen Loch liegt, brauchen die Mäuse keine Angst zu haben.«

»Hast du eine Idee, wie wir die Katze wieder loswerden?«»Nein, die Tür ist zu.«»Wir hatten doch ausgemacht, dass die Türe offenbleibt.«»Stimmt, aber der Vater war eben im Garten und hat sie zugemacht.«»Da haben wir jetzt aber ein großes Problem.« Die Katze saß still in der Ecke, bekam alles mit und dachte sich: Wenn die müde sind, habe ich ein leichtes Spiel. Die anderen waren noch nie so wach wie jetzt und suchten nach einer Lösung.

Nach langem Hin und Her kamen sie zu einem Entschluss. »Es geht nicht ohne fremde Hilfe.« Babsi sagte: »Ich versuche, in die Wohnung zu kommen.« Zum Glück war es ihr möglich, durch ein ganz kleines Loch zu kriechen. Sie machte erst mal einen Sturzflug auf Jenny zu. Aber die schlief so fest, da war nichts zu machen. Dann probierte sie es bei Tim. »Ne, das gibts doch nicht, was mache ich jetzt?« Sie flog wieder in den Keller, um zu berichten: »Mann, die schlafen alle so fest.«

»Bitte Babsi, du musst es noch mal versuchen«
»Okay.« Sie flog im Kinderzimmer ziemlich laut ihre Runden. »Mensch, da muss doch mal einer wach werden.« »Babsi, bist du es, warum machst du so einen Krach?« »Höre mir jetzt mal gut zu, Oskar, wir haben im Keller eine Katze, und die Tür ist zu.« »Aber wir haben die doch extra offengelassen.« »Ja, aber der Vater hat die Tür spätabends geschlossen. Jetzt kannst du dir ja vorstellen, was da unten abgeht.«

»Das glaub ich dir, Babsi. Aber Schlappi ist doch im Keller, da kann so schnell nichts passieren. An dem kommt keiner vorbei, der hat sich vorsichtshalber vor das große Loch gelegt.« »Vielleicht sind im Keller noch andere Löcher, wo der Kater durchkommen könnte.« »Nein das glaube ich nicht, sonst hätte Henry uns das schon gesagt.«

»Ich habe keine Idee«, sagte Oskar, »wie wir denen im Keller helfen könnten. Wir kommen ja noch nicht einmal raus hier.« Luis, Püppchen und die anderen wurden auch wach. »Was ist los, Babsi?« Dann erzählte sie die ganze Geschichte. »Warum helfen Tim und Jenny nicht?« »Die schlafen so fest.« »Dann müsst ihr die eben wachrütteln.« »Meine Güte, die schlafen wirklich fest, und so kommen wir nicht aus der Wohnung.« »Kommt, wir probieren es trotzdem.«

Oskar, Luis, Püppchen und Babsi marschierten los, erst vorsichtig durch die Küche, dann in den

Wintergarten, und schauten sich ratlos an. »Wie kommen wir an den Schlüssel? Wir brauchen einen Hocker oder einen Stuhl.« »Schaut mal! Hier steht ein großer Blumenkübel, den wollte Frau Buchmann morgen neu bepflanzen, den müssen wir nur umdrehen.« »Das geht nicht so einfach, hat jemand eine andere Idee?«

»Wir kommen eh nicht an den Schlüssel, der Pott ist einfach an den Außenseiten zu glatt, wie sollen wir da hochkommen?« Oskar sagte: »Wir müssen erst mal den Pott hierhin rollen, packt mit an!« Das war nicht so einfach. »So, und auf den Kopf stellen!« Aber wie? Beim sechsten Versuch klappte es, aber mit einem großen Krach. Das war so laut, dass sich erst mal alle verstecken mussten. Der Vater wurde davon wach und weckte seine Frau. »Hast du das gehört?« »Nein ich höre nichts.« Der Vater stand trotzdem auf, um nachzusehen. Er wunderte sich, dass alle Türen auf waren, und schaute nach den Kindern. »Na, da ist alles ruhig«, meinte er und legte sich wieder ins Bett. Er fragte seine Frau: »Hast du alle Türen aufgelassen?« »Nein, vielleicht waren es die Kinder.«

Dann kamen die drei aus ihrem Versteck. »Junge, Junge, da haben wir noch mal Glück gehabt.« Babsi sagte: »Ich fliege noch mal eine Runde, um zu schauen, ob keiner wach geworden ist.« Übermütig, wie sie war, flog sie über die Nase des Vaters, entschuldigte sich und flog schnell davon. Der Vater schlief aber noch nicht und fasste sich an die Nase. »Ich glaub, ich träume, jetzt höre ich schon Mücken, die mich piksen und Entschuldigung sagen. Verrückt ist das schon, das erinnert mich schwer an Tim, der spricht ja auch mit allen Tieren.«

Babsi kam aufgeregt zurück.»Die Luft ist rein, ich habe nur die Nase vom Vater gestreift, ich habe mich auch gleich entschuldigt.«»Konntest du nicht aufpassen!«»Fliegt ihr doch mal im Dunkeln.« Oskar drängte:»Nun lasst uns weiter probieren, wer klettert zuerst rauf? Luis, du bist der Stärkere, wer macht die Räuberleiter?« Püppchen und Oskar kletterten nach oben auf den Topf.»Ich wusste, dass wir es nicht schaffen. Es fehlt ein Stück, dann müssen wir uns austauschen, Oskar ist größer.« Aber auch dieser Versuch scheiterte. Oskar kam zwar an den Schlüssel, konnte ihn aber nicht herumdrehen.

»Ich hole Sophie!«»Schön, und wie soll die durch das Schlüsselloch kommen?« Babsi hörte nicht mehr zu und verschwand.»Mensch, wo warst du so lange?«, knurrte Schlappi.»Konntest du etwas erreichen?«»Ja, wir haben es bis zur Hoftür geschafft, können aber den Schlüssel nicht drehen, damit die Tür aufgeht.«»Sophie, wir brauchen dich dringend da oben.«»Dann mal los, worauf warten wir noch?«»Da komm ich nicht durch!«»Stimmt, du bist etwas größer als ich. Schau mal hier, der Spalt ist etwas größer, und pass auf deine Flügel auf!«

Oben angekommen rief sie aus: »Du liebe Güte, was habt ihr denn hier angestellt? Ist euch nichts Besseres eingefallen? Was soll ich dabei tun?« »Du brauchst nur den Schlüssel drehen, damit die Tür aufgeht.« »Ist das alles?«, fragte sie und flog hoch auf den Topf. »Na, toll, du kannst es auch nicht!« »Ich muss zugeben, ich habe es mir leichter vorgestellt. Es müsste mich jemand unterstützen, weil ich dauernd abrutsche.« Mit einer Räuberleiter kam Oskar zur Hilfe. Trotzdem war es eine wackelige Angelegenheit. Mit aller Kraft bekam Sophie den Schlüssel endlich gedreht. Sie rutschte dabei ab, Oskar und Luis fielen durch den Kraftakt um. »Hoffentlich ist keiner wach geworden.« Babsi flog schnell durch die Wohnung. »Es ist alles ruhig.« Die Tür war zwar aufgeschlossen, jetzt hieß es, die Türklinke runterzudrücken. »Schnell, Sophie, häng dich an die Türklinke!« »Das wird sehr anstrengend, aber wir schaffen das.« »Nun schiebt den Blumenkübel weg. Geschafft, ab in den Keller!«

Als alle in den Keller stürmten, war es der Katze unheimlich geworden. Sie fauchte, machte einen Sprung nach draußen und verschwand ins Dunkel. Schlappi war sichtlich erleichtert. Babsi teilte Henry mit, dass die Gefahr vorbei sei. »Wie habt ihr das geschafft?«»Das erzählen wir dir später. Henry, jetzt müssen wir uns erst mal um deinen Onkel kümmern, hole ihn raus!«»Ich versuche es. Onkel James, komm mit an die frische Luft, die Katze ist weg!«»Gott sei Dank, Henry, ich bekomme schlecht Luft.«»Darum sollst du ja auch raus hier, damit wir dich an die frische Luft bringen können.«

Als Tim auf die Toilette musste, wunderte er sich, dass alle Türen offen waren. Aber er dachte sich nichts dabei und kletterte wieder in sein Hochbett. Er suchte nach Oskar und Luis im Bett. Hier stimmt was nicht, dachte er und kletterte wieder runter zu Jennys Bett. Leise machte er sie wach und fing an zu weinen. »Tim, was ist los, hast du schlecht geträumt?«»Nein, Oskar und Luis sind weg.«»Was ist das, Püppchen ist auch weg. Es ist doch mitten in der Nacht, die können nicht weit weg sein.« »Komm, wir gehen mal auf die Suche!« Als die beiden in den Wintergarten kamen, erschraken sie. »O je, wie sieht es denn hier aus, waren hier Einbrecher zugange?« Sie hörten draußen Stimmen, die kamen ihnen bekannt vor. »Schau an, da sind unsere Helden.« »Was ist das für eine Unordnung im Wintergarten, kann mich mal jemand aufklären?«, sagte Jenny energisch. »Jenny, das erklären wir dir später. Eine Katze war bis jetzt im Keller.

Wir müssen uns jetzt schnell um Sir James kümmern, der braucht unbedingt frische Luft.« »Dann macht schon mal das Fenster und die Tür groß auf und legt ihn auf Sophies Tuch direkt an die Tür. Schlappi passt dann auf.«

»Wie geht es dir Onkel, James?«, fragten alle. »Mein Herz macht mir zu schaffen, außerdem bekomme ich immer weniger Luft. Ich habe Durst, könnt ihr mir etwas zu trinken bringen?« »Natürlich, Onkel James, hier steht schon eine Schale mit Wasser.« Kaum hatte er sich ein bisschen gestärkt, wollte er wieder in sein Rohr gebracht werden. Schlappi, Sophie und Babsi hatten sich angeboten, im Keller zu bleiben. »Das ist sehr lieb von euch, dafür gibt es morgen auch ein angemessenes leckeres Frühstück von uns«, sagte Jenny. »Da sind wir aber mal gespannt, ihr habt uns heute Abend schon vergessen«, jammerte Schlappi. Tim streichelte Schlappi über den Kopf. »Ich sorge dafür, dass du morgen eine Extraportion bekommst. Wir müssen jetzt wieder nach oben und erst mal das Durcheinander im Wintergarten beseitigen. Gute Nacht.« »Jenny, darf ich bei dir im Bett schlafen?« »Komm schon rein, Oskar!« »Wir auch?«, wollten Luis und Püppchen wissen. »Ja, legt euch alle ans Fußende und seid bitte ruhig.«

Für den Vater klingelte bereits der Wecker. Zeit, zur Arbeit zu gehen. Bevor er das Haus verließ, schaute er immer bei den Kindern hinein, ob alles in Ordnung war. Heute aber wunderte er sich, dass alle in Jennys Bett lagen. Da muss ich heute Mittag mal nachfragen, ob Tim Angst in seinem Hochbett hat.

Am nächsten Morgen

Am nächsten Morgen wollte Mama Jenny und Tim
für die Schule und den Kindergarten wecken.»Aufstehen, ihr Lieben«, rief sie,»aufstehen, ihr müsst
zur Schule und zum Kindergarten.«Sie hatte schon
drei Mal gerufen, aber es rührte sich keiner. Jetzt
muss ich mal nachsehen, wo die zwei bleiben, dachte sie und ging zuerst an Tims Bett.»Du musst aufstehen, Tim!«»Ja, gleich, ich bin noch so müde.« Die
Stimme kam aus Jennys Zimmer. Die Mutter machte
das Licht an.»Was ist denn hier los, warum schlaft
ihr in einem Bett, was ist passiert, dass ihr so müde
seid?«»Nichts, Mama!«»Tim, hast du geträumt und
bist dann zu Jenny ins Bett?«»Nein Mama«, sagte
Jenny.»Sir James ist so krank, da mussten wir ihm
diese Nacht helfen.«»Jenny fängst du jetzt auch an,
mit den Stofftieren zu reden?«»Ach Mama, du hast
keine Ahnung.«»Ihr müsst euch beeilen, die Pau-
senbrote sind fertig.«

Als sie in die Küche kamen, sahen sie den Ein-
kaufszettel auf dem Küchentisch liegen: Wurst,
Käse, Milch, Brot, Speck und Mausefallen.»Warum
brauchen wir Mausefallen?«»Wir haben Mäuse im
Keller, die fressen unsere Kartoffeln und das Ge-
müse an.«»Aber nicht Sir James und Sir Henry!«
Jenny schnappte sich ihr Pausenbrot.»Und tschüss,
bis heute Mittag.«»Tim, bist du fertig?«, rief die
Mutter.»Ja!« Tim rief ins Kinderzimmer:»Und wer

will heute mit in den Kindergarten, Luis oder Oskar?«»Wir haben keine Lust, außerdem sind wir noch müde.«»Mit wem sprichst du, Tim?«»Mit Oscar und Luis, die wollen nicht mit.« Die Mutter schüttelte den Kopf und sagte:»Vielleicht sprichst du demnächst noch mit den Kochtöpfen.«»Ach Mama, du verstehst nur Bahnhof.«

Heute wurde Tim mit dem Fahrrad in den Kindergarten gebracht. Sein Freund Gary wartete bereits draußen vor der Tür auf ihn. Sie mussten sich beeilen, sie waren spät dran. Gary fragte gleich: »Gibt es was Neues bei euch?«»Sir James ist krank!« »Wer ist Sir James?« Tim wollte gerade berichten, da kam schon die Kindergärtnerin an und sagte: »Kommt schnell rein, ihr seid heute die Letzten, wir frühstücken alle zusammen.« Die Mama fuhr gleich weiter, um die Mausefallen zu besorgen. Danach fuhr sie nach Hause, um ihre Hausarbeit zu erledigen.

Als Tim vom Kindergarten nach Hause kam, ging er sofort zu Oskar und Luis. Die beiden schliefen noch ganz fest.»Hallo, ihr Helden, aufwachen, es ist Mittag.«»O, dann gibt es ja gleich etwas zu essen, oder aber wir müssen erst einmal an die frische Luft.« Tim schnappte sich die beiden und klemmte sie unter den Arm.»Hey Tim, du hast mich fast erdrückt«, schimpfte Luis.»Ja, du hättest selbst laufen können, aber es ging dir ja nicht schnell genug.«. Nachdem sich Schlappi so richtig ausgeschüttelt hatte, ging es ihm besser.»Nun bin ich richtig wach«, sagte er, »lasst uns nach Sir James schauen.« Dann gingen alle im Gänsemarsch in den Keller.

Im Keller warteten schon alle auf Tim oder Jenny. Henry saß ganz traurig da. »Was ist los? Machst du dir immer noch Sorgen um deinen Onkel?« »Ja«, sagte er mit trauriger Stimme, »es ist das Herz, das ihm große Sorgen macht.« »Was kann ich tun?« »Wir müssten ihn noch mal nach draußen bringen, vielleicht hilft ihm etwas frische Luft.« Tim sagte: »Das ist kein Problem, ich habe auch schon eine Idee. Ich hole schnell den kleinen Anhänger von meinem Traktor. Hol du ihn schon mal aus dem Rohr raus.« Es dauerte nicht lange, da war Tim zurück und brachte eine kleine Decke mit.

Vorsichtig hob Tim den schwachen Mäuserich in den Anhänger und deckte ihn zu. Aber nur so weit, dass er mit seiner kleinen Nase noch frische Luft bekam. »Das tut gut«, sagte Sir James. »Es tut mir leid«, sagte Sir Henry, »dass wir euch so viel Arbeit machen.« Sir James rekelte sich kurz und schlief direkt wieder ein. »O je, das ist kein gutes Zeichen.« »Was meinst du damit?«, fragte Tim besorgt. »Es ist so, mein Onkel ist schon sehr alt, ich glaube, die Flucht und ein neues Zuhause zu suchen war doch zu anstrengend für ihn.« »Was kann ich tun für ihn?« »Eigentlich nichts, etwas zu trinken wäre vielleicht nicht schlecht.« »Ich besorge etwas Wasser.«

Daraufhin sagte Schlappi: »Tim, Oskar und Luis müssen jetzt mal auf Onkel James aufpassen.« »Warum?« »Ich muss unbedingt mal an die frische Luft. Zwei Tage im Keller waren genug, ich muss mich mal austoben.« »Ich habe aber Angst, wenn du lange fortbleibst.« »Henry, ich bleibe nicht lange.« Tim hatte eine Idee: »Wir legen dich, Henry, mit in den Anhänger, außerdem tut euch beiden die frische Luft gut.« »O, schaut mal, jetzt kommt sogar noch die Sonne raus.«

Nachdem sich Schlappi richtig ausgeschüttelt und ausgetobt und sich nach allen Seiten gereckt und gestreckt hatte, sagte er: »Jetzt geht es mir schon viel besser.« »Und ich gehe in der Zeit mal nach oben und frage, ob es bald etwas zu essen gibt.« »Mama, was gibt es heute zu essen?« »Ich bin noch nicht dazu gekommen, wir essen heute später. Soll ich dir einen Toast machen?«»Ja, bitte mit Nutella, ich gehe in der Zeit nach draußen in den Garten. Kannst du mich bitte rufen, wenn es fertig ist?« Es klingelte Sturm.»Wer ist das denn? Ach Jenny, du bist es, warum benutzt du deinen Schlüssel nicht?«»Ich musste dringend auf die Toilette, den Schlüssel fand ich nicht gleich.« Als Jenny von der Toilette kam, stürmte sie in die Küche und fragte:»Wo sind die alle?« Jenny erschrak, hielt sich die Hand vor dem Mund und sagte:»Mama, das war doch nur Blödsinn.«»Ja, ja euer Blödsinn mit Luis, Oskar, Babsi, Sophie oder wer noch alles, ihr solltet es nicht übertreiben.«»Mama, es ist alles ganz anders und harmlos.«»Na, dann ist es ja gut.«»Jenny, wenn du in den Hof gehst, sage Tim Bescheid, dass sein Toast fertig ist.«»Tim, wir müssen jetzt aufpassen, ich habe mich eben verplappert. Lange können wir das nicht mehr verheimlichen, das wird langsam zu kompliziert. Außerdem ist dein Toast fertig.«

Als die beiden sich unterhielten, kam Babsi angeflogen.»Sir James geht es nicht gut. Henry meint, dass es mit ihm bald zu Ende geht.«»Woher weiß er das denn?«»Das fühlen sie. Wir haben ihn in einen kleinen Hänger von Tim gelegt, damit er mal frische Luft bekommt, und haben Sir Henry gleich mit hineingelegt!«»Warum?«»Weil James solche Angst hatte.«»Na großartig, dann kann Samson, die Katze, ja gleich beide Mäuse fressen!«»Wieso?«»Dann überlege mal, wer sitzt da oben auf der Mauer in

Lauerstellung?«»Na ja, Samson, aber Schlappi ist doch da und passt auf.«»Siehst du ihn?«»O Mann, heute läuft aber auch alles schief.« Da rief auch schon die Mutter:»Bitte raufkommen, Papa ist da, wir essen gleich!«»Was machen wir mit den Mäusen?« Was für ein Glück, dass Schlappi gerade von seinem Ausflug zurückkam.»Schlappi, du kommst genau im richtigen Moment!«»So, warum?«»Wir müssen nach oben zum Essen und können die Mäuse nicht ohne Aufsicht lassen. Samson liegt schon auf der Lauer.«»Geht ruhig, aber lasst uns diesmal etwas übrig! Ich warte immer noch auf mein besonderes Frühstück von heute Morgen.«

»Aber hier können wir die beiden nicht stehen lassen«, sagte Schlappi,»da sieht der Papa sie gleich.«»Dann stellen wir die beiden unter die Treppe.«»Geht man ruhig rauf«, sagte Schlappi, »ich mache das schon.«»Du bist ein Schatz«, sagte Jenny!»Ich weiß«, antwortete Schlappi.»Angeber«, rief Tim noch hinterher.»Und was würdet ihr bloß ohne mich machen?«»Wo du recht hast, hast du recht, bis gleich!« Schlappi brummelte vor sich hin:»Hoffentlich denken die wenigstens heute Abend an mein Essen, sonst streike ich!«

Papa begrüßte die beiden.»Na, ihr beiden, wie geht es euch heute denn so?«»Och, Sir James macht uns große Sorgen!«»Nun reicht es mit euren Fantasien. Hände waschen und essen!« Nach dem Essen fragte Vater:»Wo hast du die Mausefallen?«»Ach ja, die habe ich noch in der Tasche!«»Ich gehe jetzt in den Keller und stell die Fallen auf.« Tim und Jenny schauten sich erschrocken an: O, jetzt geht es denen an den Kragen. »Wir wollen mit in den Keller!«, riefen beide gleichzeitig. »Nein!«, sagte die Mutter, »Jenny, du räumst den Tisch ab, und die Spülmaschine muss auch noch ausgeräumt werden!« »Och, immer ich.« Jenny beeilte sich so sehr, sie wollte natürlich schauen, wo der Papa die Mausefallen auslegte, um die Mäuse zu warnen.

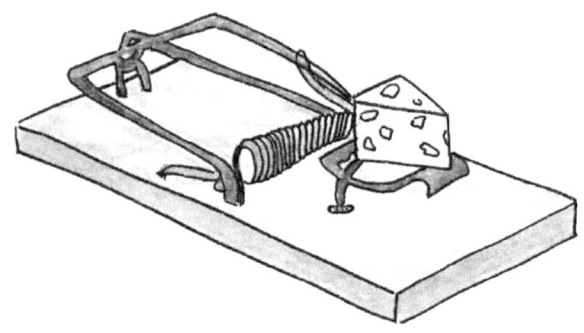

Im Keller suchte der Vater nach einem guten Platz für die Mäusefallen. »Die Ecke dort mit dem großen Loch scheint mir geeignet zu sein!« Jenny dachte laut: »Ausgerechnet da.« »Es ist bestimmt keine Maus mehr da«, brummelte Vater vor sich hin, »die haben doch gar nichts angefressen.« Jenny sagte: »Ist ja klar, das bekommen die doch von uns, Papa!« Papa ließ sich nicht davon abbringen und legte genau da eine Mausefalle ab.

»Ich habe den Speck vergessen.« Er eilte nach oben und schimpfte auch gleich, dass Tim seine

Autos und Stoffteddys unten im Hof hatte liegen lassen.»Wenn es regnet, werden die doch nass.«»Ja, Papa, ich bringe sie gleich mit nach oben.« Mama und Papa hatten gar keine Ahnung, was sich hier unten im Hof gerade so abspielte. Sir James kämpfte um sein Leben, Henry hielt ihm sein Pfötchen, die Katze Samson saß lauernd auf der Mauer und Papa stellte in aller Ruhe die Mäusefallen auf. »So, das wäre geschafft!«, sagte Papa und ging nach oben. Kaum war Papa wieder oben in der Wohnung, mussten Tim und Jenny die Mäuse schnell wieder in den Keller schleppen, um sie dann mit Essen zu versorgen.

Da kam Mama auf den Hof und fragte:»Was macht ihr da gerade«?»Wir räumen schnell unsere Spielsachen auf!«»Ihr könnt euch dann ein Eis aus der Kühltruhe mitbringen, wenn ihr fertig seid. Irgendwie ist hier etwas anders, aber was?«, wunderte sie sich und ging wieder nach oben. Schnell packten sie Sir James vorsichtig mit der Hand und der Decke in den Keller. Henry half mit, alles wieder aufzuräumen. Wenn die beiden wüssten, was hier unten gerade abgeht, dachte Tim so vor sich hin.

»Na, wie geht es dir, Onkel James?«»Die frische Luft hat mir gefehlt«, hauchte er leise,»danke, dass ihr euch alle so rührend um mich kümmert. Anfangs wollte ich Henry nicht glauben, dass wir hier bei netten Menschen ein neues Zuhause gefunden haben.«»Das freut uns auch, Onkel James, dass ihr euch hier wohlfühlt.«»Aber ich muss mich noch etwas ausruhen.«»Jenny legte ihn wieder in das Rohr in der linken hinteren Ecke und sagte zu Sir James und Sir Henry:»Schaut euch die Mausefallen richtig an, der Duft vom Speck könnte euch schwach machen. Aber denkt daran, wenn ihr davon probieren wollt, sitzt ihr in der Falle und keiner kann euch helfen. Das Essen bekommt ihr von uns.«

Tim fragte Babsi:»Kannst du heut mal die Wache übernehmen?«»Warum«?»Schlappi will mal wieder oben schlafen und du bist die Einzige, die durch das Schlüsselloch kommt.« Babsi willigte ein.»Aber nur wenn ihr die Tür auflasst.«»Das geht doch nicht. Erstens ist die Katze da, und Jenny und Tim schlafen schon, wenn Vater spätabends die Türen abschließt.«

»Schlappi, kannst du nicht auch hierbleiben? Die Katze hat doch Angst vor dir.«»Na super, ich schlage mir dann auch noch einmal eine Nacht um die Ohren, wo es hier so kalt und feucht im Keller ist. Aber für meinen Freund Sir James mache ich das.« Die Mama rief noch mal:»Holt eure Spielsachen nach oben, es fängt an zu regnen. Vergesst euer Eis nicht, danach bitte waschen, Zähne putzen, dann ins Bett, ihr müsst doch todmüde sein.«»Auweia, da fällt mir was ein«, sagte Jenny,»ich habe es wieder vergessen. Schlappi hat den ganzen Tag noch nichts zu essen bekommen, ich mache ihm schnell ein großes Leberwurstbrot und eine große Schale mit Wasser.«»Das riecht aber lecker, danke Jenny, gute Nacht.« Als Schlappi sein Brot genüsslich aß, meldete sich Onkel James. »Was riecht hier so lecker?« »Das ist mein Brot, möchtest du ein Stück?« »Ja gerne, das schmeckt verdammt gut, danke.«

Tim und Jenny waren heute so richtig müde und wollten auch früh ins Bett, was ja sehr selten war. Als Tim und Jenny sich gewaschen hatten, klemmte sich Tim Oskar und Luis unter den Arm und kletterte ins Hochbett. Dabei fiel ihm Oskar runter, der weinte laut und schimpfte: »Warum hast du mich fallen lassen?« »Oskar, das habe ich doch nicht absichtlich gemacht«, sagte Tim. Jenny war im Zimmer. »Was ist los?« »Mir ist Oskar aus dem Arm gefallen, kannst du ihn bitte hochwerfen?« Jenny warf ihn schwungvoll nach oben, dabei knallte er direkt an die Wand. Nun hatte Oskar allen Grund, so richtig zu weinen. »Tim, warum weinst du denn?«, fragte die Mutter, als sie ins Zimmer gestürmt kam. »Das bin ich nicht. Oskar hat sich verletzt, der weint.« »Ach ja, stimmt ja, der arme Oskar, braucht er ein Pflaster?« »Nein, Mama, ich nehme Oskar in den Arm, dann hört er schon auf zu weinen.« »Nun gebt endlich Ruhe und versucht zu schlafen, oder willst du noch eine Gute-Nacht-Geschichte?« »Nein, Mama das mache ich schon selbst, Luis und Oskar freuen sich auf meine Geschichten.« »Das kann ich mir gut vorstellen.« »Na gut«. Sie gab Tim noch ein Gutenachtküsschen, dafür musste sie ein Stück die Leiter zum Hochbett raufklettern.

Eine weitere unruhige Nacht

Kaum war die Mutter aus dem Zimmer, fing Oskar mit Tim eine große Diskussion an. Warum er immer geworfen wurde, wollte er wissen. »Ich bin richtig sauer, ich würde euch mal sehen wollen, wenn ihr geschmissen werdet.« »Oskar, du hast recht, komm in meine Arme und wir kuscheln ein wenig, ich tröste dich jetzt.« Als alle im ersten Tiefschlaf waren, ging ein fürchterliches Gejaule los. Im gleichen Moment kam schon Babsi ganz aufgeregt an Jennys Bett geflogen: »Der Schlappi, der Schlappi, der Schlappi ...« »Nun, beruhige dich erst einmal. Was ist mit Schlappi?« »Sein linkes Ohr, ist in der Mausefalle eingeklemmt.« Ohne nachzudenken liefen Tim und Jenny in den Keller. Sie hörten ihn schon von Weitem jaulen. »O je, wie kriegen wir das Ohr da raus?« »Schlappi, weine doch nicht so laut, wir helfen dir doch.« Da kamen auch Sir James und Sir Henry aus dem Rohr. Sie staunten nicht schlecht und hatten Mitleid mit dem armen Schlappi.

»Wie konnte das nur passieren? Wir haben euch doch allen gezeigt, wo die Fallen aufgestellt sind.« »Mensch, die Feder sitzt zu stramm. Tim, gib mir schnell das Stück Holz, das da liegt. Ich halte die Feder und du klemmst das Holz dazwischen, dann ziehen wir das Ohr langsam raus.« Dabei jaulte Schlappi noch mal so richtig auf. »O je, das sieht gar nicht gut aus, es ist schon ein großer Riss im Ohr. Normalerweise müsste das genäht werden.«

Die Geschwister schauten sich etwas hilflos an. »Wie sollen wir das denn machen?«, fragte Tim. »Wir cremen das Ohr mit Wundcreme ein und verbinden es. Vielleicht genügt auch ein großes Pflaster, das können wir oben besser machen. Wir nehmen Schlappi mit nach oben.« »Und wer passt dann auf die Mäuse auf?«, fragte Tim. »Ich hole Luis.« »Sollen wir nicht lieber Oskar holen, der ist doch viel stärker«, sagte Jenny. »Der ist heute nicht gut drauf und ist noch sauer auf dich, weil du ihn an die Wand geschmissen hast.«

»Tim, dann sprich noch mal mit ihm und versuch dein Glück. Ich warte hier so lange und kümmere mich um Schlappi.« Tim lief schnell nach oben, im selben Moment ging die Mutter auf die Toilette. Er verhielt sich leise und stellte sich hinter die Kinderzimmertür, dann passierte es: Die Mutter öffnete die Zimmertür und Tim machte sich vor Schreck ganz dünn. »Na, ist ja alles ruhig hier«, sagte sie und ging wieder schlafen. Auweia, wenn die wüsste, dachte Tim, kletterte schnell in sein Hochbett und machte Luis wach.

»Hallo Luis, ich brauche deine Hilfe. Du musst im Keller auf Onkel James und Henry aufpassen!« »Warum, Schlappi ist doch unten!« »Genau, um den geht es gerade, der ist mit seinem Ohr in der Mausefalle geraten« »Tim, ich habe Angst allein mit den Mäusen im Keller. Außerdem ist es da unten feucht und kalt, ich habe eigentlich gar keine Lust.« »Luis, du bist nicht allein, Babsi kann bei dir bleiben und du hast versprochen, dass du auf die Mäuse aufpassen willst. Das ist jetzt der richtige Zeitpunkt, ich nehme auch eine Decke mit nach unten.«

Nach langem Hin und Her ließ sich Luis dann doch überreden und ging mit in den Keller. Auf dem Weg dorthin hörten sie von Weitem, dass Schlappi immer noch weinte. »Tim, wieso hat das so lange gedauert?« »Luis wollte nicht.« »Nun bist du ja da und kannst aufpassen!« »Ich habe aber trotzdem Angst allein hier im Keller.« »Babsi ist doch auch hier.« Da kam die Rettung: Sophie. »Was ist los, warum seid ihr um diese Zeit hier unten im Keller?« »Gute Frage.« Da sah sie, dass Schlappis Ohr blutete, o, o. »Ja, genau, Sophie, darum brauchen wir euch jetzt alle, wir müssen Schlappi endlich behandeln. Dafür müssen wir aber nach oben gehen, ist das bei euch angekommen?« »Ja, ja geht, doch ich bleibe auch hier.« »So, Schlappi, und wir gehen jetzt mal nach oben und schauen, was wir machen können, Bitte leise sein.«

Oben im Bad suchten sie nach Creme und Verbandszeug. Dies geschah aber natürlich nicht leise, und so kam es, wie es kommen musste: Die Mutter wurde wach. O, dachte sie sich, im Bad ist volle Beleuchtung und ich höre jemanden weinen. Ist wieder was mit Tim? Die Mutter eilte ins Bad. »Was ist denn hier schon wieder los?« Schlappi weinte, Tim hielt ein Pflaster, Jenny eine Schere. Erstaunt sagt sie: »Was um Himmelswillen ist passiert?« Jenny war ganz aufgeregt. »Papa hat doch die Mausefallen aufgestellt und Schlappi hat sich sein Ohr dort eingeklemmt, hat jetzt eine große Wunde und blutet.« »Aber wieso kann Schlappi weinen, wieso klingt das so echt?« Jenny und Tim schauten sich an, hoben die Schultern, schauten sich nochmals an. »Ja, jetzt können wir auch nichts mehr verheimlichen.« »Was könnt ihr nicht mehr verheimlichen? Gibt es irgendwas, was ich wissen sollte?«

Jenny holte tief Luft und begann zu erzählen: »Schlappi ist kein normales Stofftier, er kann sprechen, laufen, natürlich auch weinen. Das hast du ja jetzt auch gehört, stimmt das Schlappi?« »Ja, Frau Buchmann, ich bin etwas ganz Besonderes«, sagte er und weinte große Tränen, diesmal waren es Freudentränen. Mama staunte nicht schlecht. »Und wer ist da noch?«, erkundigte sie sich. »Ja, da gibt es Babsi, den Marienkäfer, Oskar und Luis, die Teddys, kennst du ja bereits, Sir James und Sir Henry und noch Sophie, eine Fledermaus. Die kann uns immer nur helfen, wenn es dunkel ist. Alle Tiere können reden, laufen, fliegen und haben Gefühle.« »Jetzt wird mir so einiges klar«, sagte Mama.

»Jetzt mal zu dir, Schlappi. Lass mal sehen, wie wir die Wunde versorgen können, das kriegen wir schon hin.« Die Mutter hatte die Sache gleich im Griff. Creme drauf, einen Verband anlegen. »So, dass müsste erst einmal genügen. Schlappi legen wir auf euer kleines Sofa, Decke drauf und ihr geht ins Bett. Morgen sehen wir weiter und sprechen über alles.« Bei dem ganzen Krach wurde auch der Papa wach, ging auf die Toilette und wundert sich über das Verbandzeug. »Was macht ihr alle hier, könnt ihr nicht schlafen?« Mama schnitt ihm das Wort ab. »Tim hat geträumt, jetzt ist wieder alles in Ordnung. Nun geht alle wieder schlafen, morgen klären wir alles, gute Nacht.« »Oh Mama, du bist die Beste«, flüsterte Tim, dann war Ruhe.

Im Keller waren die anderen beunruhigt. Da oben war zwar alles ruhig, aber sie wollten wissen, wie es Schlappi ging. »Komm, Sophie, wir beide fliegen mal kurz nach oben. Vielleicht können wir was in Erfahrung bringen.« Sie flogen direkt ins Kinderzimmer und fanden Schlappi auf dem kleinen Sofa, das Ohr schön verbunden. »Na, Schlappi, wie geht es dir? Hast du noch große Schmerzen?« »Ja, ich kann es aber geradeso aushalten!« »Wie bist du um Himmelswillen in die Mausefalle geraten?« »Mir war langweilig und ich wollte die Mausefallen etwas näher anschauen. Da machte es klick, den Rest kennt ihr ja.« »Hat das sehr wehgetan?« »Das könnt ihr wohl glauben.« »Wer hat dann den Verband so gut angelegt?« »Ihr werdet es nicht glauben, es war Frau Buchmann höchstpersönlich!« »Wie jetzt, verstehe ich nicht?«, fragte Babsi aufgeregt. »Das war so, ich habe doch so laut geweint. Tim und Jenny waren mit der Situation total überfordert. Die wussten anfangs nicht, was sie machen sollten.

Dann wurden sie laut, dann fiel die Schere runter direkt in die Toilette. Darüber ist die Mutter wach geworden und hat mir sofort geholfen. Außerdem hat Jenny der Mutter alles gebeichtet.«»Wirklich alles, auch von uns?«»Ja, alles«»Aber was hat die dann darauf gesagt?«»Das könnte sie jetzt nicht verstehen, aber ihr würde jetzt so einiges klar. Morgen Mittag gibt es eine Konferenz, wo wir alles besprechen.«»Da bin ich mal gespannt, das müssen wir aber auch schnell den anderen sagen.«

Im Keller wurden sie schon ungeduldig erwartet. Sophie erzählte dann alles, auch davon, dass die Mutter nun über alles Bescheid wusste. Henry hatte kein gutes Gefühl dabei.»Wie wird die Mutter auf uns reagieren? Der Vater wird bestimmt neue Fallen aufstellen.«»Das glaube ich nicht«, sagte Sophie,»das wird Jenny nicht zulassen. So, nun lasst uns schlafen gehen, morgen ist ein neuer Tag!«

Am nächsten Morgen

Am nächsten Morgen: Papa war schon lange aus dem Haus, Jenny und Tim wollten gar nicht so richtig wach werden. »Kinder, es nützt euch nichts, ihr müsst leider aufstehen«, sagte die Mutter. Endlich standen sie auf, der erste Gang war zu Schlappi. »Na, wie geht es dir heute, hast du noch starke Schmerzen?« »Ja es tut noch weh.« »Hast du Hunger?« »Ja, und großen Hunger.« »Ich hole dir schnell ein Leberwurstbrot.« »Das wäre wunderbar«, sagte Schlappi. »Möchtest du auch Kakao?« »Ja das ist lieb von dir, Tim.«, »Du bist doch unser Held, auch wenn du einen Riss im Ohr hast.«

Tim brachte ihm schnell das Brot und den Kakao. Jenny saß bereits am Frühstückstisch. »Mama, können wir unser Gespräch oder unsere Konferenz auf heute Nachmittag verlegen? Es ist schon spät, sonst schaffe ich es nicht in die Schule. Tim, bist du fertig? Es ist Zeit, wir müssen gehen, heute könnten wir ein Stück gemeinsam gehen und noch etwas reden«. Jenny rief noch schnell: »Mama, was gibt es heute zu essen?« »Ich habe noch keine Ahnung, mal sehen, ihr werdet schon satt.«

Die Kinder waren aus dem Haus, die Mutter erledigte ihre Hausarbeit. Aber was koche ich wirklich heute? Mal schauen, was unsere Tiefkühlung noch für Schätze hat. Sie ging in den Keller, machte die Klappe der Tiefkühlung auf. Mm, da erblickte sie ein Paket Spinat und dachte: Genau das Richtige für heute. Hinter ihr hatte etwas geraschelt. Sie drehte sich um und erschrak, als sie sah, wie Luis auf die andere Seite des Kellers lief. »Ach, das kann nicht sein«, murmelte sie vor sich hin, »ich träume auch schon. Aber den Teddy nehme ich mit nach oben, Tim wird ihn schon vermissen.« Sie klemmte den Teddy unter den Arm und nahm darauf den kalten Spinat aus der Tiefkühltruhe. So ging sie dann nach oben.

Auf einmal zitterte der Teddy vor lauter Kälte. Es war wie ein Kälteschock. Was ist das denn?, dachte die Mama. Vor lauter Angst gab Luis keinen Laut von sich und zitterte noch schlimmer. Als sie oben in der Wohnung angekommen war, legte sie Luis zu Schlappi auf das kleine Sofa. Der jaulte gleich los: »Mensch, wo kommst du denn her, wieso bist du so kalt?« Luis konnte nicht antworten. »Komm schnell unter meine Decke, dann wird es dir warm«.

Die Mama stand sprachlos daneben, schüttelt den Kopf und sagte ständig: »Das glaub ich jetzt nicht, das glaub ich nicht. Wie erkläre ich das nur dem Vater heute Abend?, der hält mich für verrückt. Die Kinder haben schon so Andeutungen gemacht, dass mit den Stofftieren was nicht stimmt. Am besten sage ich erst mal nichts, vielleicht erledigt sich das von selbst.«

Als sich Luis beruhigt hatte, erklärte er Schlappi, was im Keller passiert war. »Aber Luis, du solltest doch auf die Mäuse aufpassen.« »Das habe ich auch getan, ich kann doch nichts dafür, dass Frau Buchmann mich mit nach oben genommen hat.« »Wer ist denn jetzt noch unten?« »Sophie und Babsi.« »Na, hoffentlich geht das gut.«

Der Vormittag ging schnell vorbei, die Mutter schaute auf die Uhr: O je, es ist schon kurz vor zwölf, da wird Tim gleich kommen. Aber vorher hänge ich noch schnell die Wäsche im Keller auf. Die Mutter lief schnell in die Waschküche, um die Wäsche aufzuhängen, holte den Wäscheständer aus der Ecke und bemerkte: Nanu, da liegt ja eine Mausefalle. Wie kommt die denn hierher? Die hat der Vater bestimmt nicht hier hingelegt. Das muss ich unbedingt mit ihm klären, beschloss sie und legte die Mausefalle vorerst mal auf die Treppe. So konnte man die gut sehen. Heute Abend kann Vater sie wieder mit Speck füllen, dachte sie.

»O, o«, sagten Sophie und Babsi leise, die alles gehört und mit angesehen hatten. »Das gibt Ärger!« Die Mutter, die immer noch an die Mausefalle dachte, wurde durch lautes Bellen und Klingeln aus den Gedanken gerissen. Sie lief schnell nach oben zur Tür, es war Tim, der schimpfte und mit den Füßen stampfte. »Warum hast du nicht aufgemacht? Ich stehe schon eine halbe Stunde vor der Tür.« »Na, übertreibe mal nicht, es können höchstens ein paar Minuten gewesen sein. Ich war nur in der Waschküche und habe die Wäsche aufgehängt. Dabei habe etwas Sonderbares entdeckt. Rate mal, was das war, damit habt ihr bestimmt etwas zu tun, oder?«

Tim hörte gar nicht zu, zog in der Zwischenzeit die Jacke aus und ging ins Kinderzimmer, um nach Schlappi zu sehen. Er wunderte sich, dass Luis auch unter der Decke lag. Der sollte doch auf Sir James und Sir Henry aufpassen. Doch beide schliefen so friedlich und Tim sagte:»Das habt ihr euch auch verdient!«»Tim, hast du großen Hunger oder können wir auf Jenny warten?,« wollte die Mutter wissen.»Ja, ich warte, bis Jenny kommt«, sagte er, legte sich auf das Sofa zu Schlappi und Luis und schlief auch ein.

Die Mama sah das und legte eine Decke über Tim. Es war ja auch eine anstrengende Nacht. Sie ging in den Hof, um ihre Wäsche weiter aufzuhängen. Kurz darauf kam Jenny aus der Schule.»Mama, ich bin etwas müde, ich lege mich aufs Sofa!«»Da wirst du Pech haben!«»Wieso?«»Dann schau mal, es ist alles belegt.«»Dann lege ich mich kurz aufs Bett, war ja auch eine anstrengende Nacht.«

So, nun koche ich schnell was, dachte die Mama, als sie vom Wäsche Aufhängen wieder nach oben kam. Sie bekam keine Antwort. Wenn alle schlafen, ja, dann kann ich mich ja auch mal kurz in den Sessel setzen und meine Füße hochlegen, dachte sie. O, das tut gut! Sie nickte für einen Moment ein und machte ein Mittagsschläfchen.

Es war schon später Nachmittag, als Papa von der Arbeit nach Hause kam. Was ist denn hier los?, dachte er. Alles ruhig, da stimmt doch was nicht, das gab es noch nie! Er schaute sich in der Wohnung um, als Erstes im Kinderzimmer, und sah, dass das Sofa komplett belegt war. Schlappi mit Verband, Tim mit Luis im Arm und Jenny im Bett. »Ist schon alles komisch hier, irgendetwas muss ja passiert sein«, murmelte er und schaute sich weiter um. Im Wohnzimmer war die Mama im Sessel eingeschlafen. »Na, auf die Ausreden heute Abend bin ich gespannt. Dann lege ich mich auch ein bisschen in den Sessel«, beschloss er und schlief ein.

Der ruhige Nachmittag war schnell vorbei. Als alle so nacheinander wach wurden, dachte die Mutter: Ach du meine Güte, es ist schon fast sechs und ich habe nichts zu essen vorbereitet. Als Tim wach wurde, nahm er Schlappi auf den Arm. »Hast du noch Schmerzen?« »Ja,« wimmerte er, »ein wenig«. Jenny kam dazu. »Komm, ich schaue mal nach dem Verband.« Sie wickelte den Verband ab. »Du, sei bloß vorsichtig!«, sagte Schlappi, »lass mich das lieber mal selbst machen.« Schnell war der Verband ab. »Das sieht sehr gut aus. Es ist nur noch ein kleiner Riss. Ein bisschen Salbe drauf, ein neuer Verband, du wirst sehen, die Wunde heilt schnell.«

Und dann ging es schon los, wie die Mama es vermutet hatte. Tim sagte:»Mama, jetzt habe ich Hunger auf Pizza, Fritten mit Gyros!«»Ja ihr Lieben, damit kann ich nicht dienen. Heute bleibt die Küche kalt, es gibt Brote mit Wurst, Käse und Tomaten!« So richtig sprang der Funke nicht über.»Haben wir nicht etwas Besseres?«, fragte Tim.»Wir haben Toastbrot, Ananas, gekochten Schinken, das könnten wir mit Käse überbacken. Der Toast ist in der Tiefkühltruhe im Keller. Wer holt denn das Toastbrot rauf?«»Ich bin schon weg!«, sagte Jenny.»Tim, du könntest schon mal den Tisch decken!«

Sir Henry hatte schon lange ungeduldig im Keller darauf gewartet, dass einer runterkam, er war ganz traurig.»Was ist los?«, fragte Jenny.»Onkel James geht es sehr schlecht, er hat keine Kraft mehr und will nichts essen und trinken.« Jenny dachte an die Dose Ananas, die die Mutter gerade aufmachte.»Mag Sir James Ananas?«»Ja.«»Dann bringe ich dir gleich was runter, wenn Mama die Dose aufgemacht hat, ich beeile mich.« Da sah sie im Vorbeigehen die Mausefalle auf der Treppe liegen und wunderte sich:»Wie kommt die hierher, ich habe die doch versteckt?«, fragte sie sich und lief nach oben.

»Mama, hast du die Dose Ananas schon aufgemacht?«»Ja, die Scheiben liegen im Sieb, damit der Saft abtropfen kann.« Schnell nahm sich Jenny eine halbe Scheibe, packte sie in ein Tempo und raste in den Keller. Tim sah dies.»Was ist los? Jenny! Ist was mit Sir James?«»Ja, der ist so schwach und will nichts mehr essen. Henry sagte, er würde gerne Ananas essen, das passte heute ja gut.« Tim rief hinterher:»Sag ihm gute Besserung von mir, ich bleibe besser hier oben, damit keiner was merkt«. Mama war fast fertig mit dem Belegen der vielen Toasts.»Ihr wolltet doch den Tisch decken! Wo ist Jenny?«»Ich mach das schon, Mama, Jenny kommt gleich, die ist aufs Klo gegangen.«

»Es ist alles vorbereitet, der Backofen ist heiß. Jetzt schnell die Bleche rein, gleich können wir essen.« Durch den guten Duft wurden auch Schlappi und Luis munter.»Riechst du das auch?«, fragte Luis.»Ja, lecker«, sagte Schlappi,»ob wir davon etwas mitbekommen?«»Die Tür ist mal wieder zu, dann müssen wir uns was einfallen lassen«, sagte Luis.»Ich habe eine Idee.« Schlappi heulte ziemlich laut auf. Tim stürmte ins Kinderzimmer.»Schlappi, hast du Schmerzen?«»Ja, es ist zwar schon etwas besser, aber ich heule wegen etwas ganz anderem. Was riecht denn da so lecker? Wir haben auch Hunger.«»Ich bringe euch gleich was, wir müssen uns erst mal um Sir James kümmern, der bekommt keine Luft mehr und will weder essen noch trinken.«

Die ersten Toasts waren fertig, Tim und Jenny aßen schnell einen davon.»Mama, dürfen wir heute etwas Cola?«»Eigentlich nicht.«»Bitte, Mama, wir haben doch noch eine Flasche koffeinfrei im Keller, wir mischen das mit Limo.«»Ausnahmsweise.« Jenny wollte so rasch wie möglich wieder in den Keller, denn sie hatte kein gutes Gefühl. Sie hörte schon von Weitem, dass Henry weinte und das Stöhnen von Sir James. »Henry, was ist los?«, fragte Jenny mitfühlend. »Ich glaube, es geht zu Ende mit Sir James. Er bekommt keine Luft und braucht unbedingt schnell frische Luft.«

»Babsi, bitte flieg schnell nach oben und hole Tim runter!« »Wofür?« »Frag nicht, tu es einfach, jetzt zählt jede Minute.« Tim kam in den Keller gestürmt. »O je, Jenny, was ist denn schon wieder los?« »Wo ist der kleine Hänger, den wir dieser Tage schon mal gebraucht haben?« »Der müsste hier in der Ecke stehen.« »Ich glaube, der steht draußen«, sagte Sophie. »Dann macht schnell, holt ihn rein! Oder nein, lasst ihn draußen stehen, ich lege Sir James selbst in den Hänger.«

Henry tröstete seinen Onkel: »Warte einen Moment, wir bringen dich an die frische Luft.« »Da müsst ihr aber besonders Acht geben«, sagte Sir James, »der Kater wittert ja, dass ich so schwach bin. Dann hat der leichtes Spiel mit mir.« Jenny sagte: »Mach dir keine Sorgen, ich hole Schlappi, der passt auf.« »Henry, kannst du dann deinen Onkel schon mal aus dem Rohr holen?« »Ich werde es versuchen.« Die Mama rief von oben: »Wo bleibt ihr denn mit der Cola und dem Limo? Die nächsten Toasts sind auch gleich fertig,« »O, auch das noch. Ja, ja, wir kommen gleich,« rief Jenny und sagte zu den Mäusen: »Wir bringen die Getränke nach oben und essen schnell zu Ende. In der Zeit müssen Babsi, Luis und Sophie kurz auf euch aufpassen. Wenn wir fertig gegessen haben, kommen wir wieder zurück und legen Sir James an die frische Luft.«»Ja, aber was riecht denn so lecker bei euch?«, fragte Henry. »Es gibt heute Abend überbackenen Toast. Aber keine Sorge, wir heben euch etwas auf.« »Habt ihr die Getränke nicht gefunden?«, fragte die Mutter. »Doch Mama, aber Sir Henry hat uns aufgehalten. Seinem Onkel Sir James geht es ganz schlecht, wir bringen ihn mit dem Hänger gleich an die frische Luft.«

»Ach, wer, zum Kuckuck, ist denn jetzt Sir Henry? Ihr beide mit euren Tieren, Teddys und Hunden. Ich will es gar nicht mehr wissen, ich blicke da sowieso nicht mehr durch.« Tim und Jenny tuschelten. »Wir müssen Schlappi nach unten bringen. Na, das wird nicht einfach sein. Wir haben ihm einen großen Toast versprochen. Jetzt müssen wir uns was Gutes überlegen, wie wir Schlappi überreden, dass er doch mit in den Keller geht und aufpasst. Das wird ihm zwar nicht gefallen, es wird nicht einfach werden, denn vorzuspielen, dass er krank ist, gefällt ihm sehr. Er meint, dann würde er von uns mehr verwöhnt.«

Tim überlegte nicht lange, lief ins Kinderzimmer und holte Schlappi erst einmal vom Sofa in die Küche. »So, Schlappi und Luis, jetzt seid ihr dran, euer Toast ist fertig, guten Appetit.« Dann hörte Tim eine laute Stimme aus einer Ecke im Kinderzim-

mer. »Mich habt ihr mal wieder vergessen!«»Auweia, ja, Oskar, stimmt, bitte nicht böse sein. Im
Moment läuft so manches schief, aber du hattest ja
auch geschmollt und warst sauer, weil du an die
Wand geworfen wurdest. Wir kümmern uns gleich
um dich. Am besten, du kommst schnell mit in die
Küche, dann essen wir gemeinsam.«»Das ist doch
mal eine gute Idee. O, schmeckt das gut.«»Schlappi, wenn du fertig bist mit deinem Toast, brauchen
wir deine Hilfe im Keller. Sir James muss an die frische Luft, im Keller läuft gerade alles aus dem Ru-
der. Wir legen Sir James in den kleinen Hänger und
stellen ihn unter die Treppe. Jenny hat schon alles
vorbereitet.«»Ich will auch mit und helfen«, sagte
Luis.»Geht ihr schon mal vor, sodass die Mama es
nicht direkt mitkriegt.«

»Wer ist denn jetzt bei beiden da unten?«, fragte
Jenny.»Sophie und Babsi.«»Seid ihr denn von allen guten Geistern verlassen. Wie konntet ihr das
zulassen, Samson wartet doch nur auf so eine Gelegenheit.«»Wir haben James noch nicht nach draußen gelegt, wir haben auf dich gewartet.« Schlappi
hatte schnell seinen Toast verdrückt.»Ich will ja
auch nicht, dass Sir James etwas passiert.«

Dann packten sie Sir James in den Handschuh
und trugen ihn in einer Blitzaktion nach draußen
in den kleinen Hänger. Sir James schlug kurz die
Augen auf und sagte:»Danke, meine Freunde, das
war Rettung in letzter Sekunde.« Tim stellte den
Anhänger an die untere Stufe der Treppe, so konn-

te der Kater nicht dran, damit war er geschützt. Schlappi legte sich davor und Luis setzte sich auf die Treppe: perfekt. Das war vielleicht eine Blitzaktion, aber Sir James war endlich an der frischen Luft. Auch das noch: Es fing an zu regnen. Luis meckerte gleich los. »Ich habe keine Lust mehr, ich will nicht nass werden. Ich brauche immer so lange, bis ich trocken werde. Mir ist kalt und Hunger habe ich auch schon wieder, der halbe Toast war mir zu wenig.« »Luis, du bist immer gleich am Meckern. Das bisschen Regen schadet doch nichts, außerdem hat es schon wieder aufgehört«. Schlappi schüttelte sich kurz aus und sagte zu Sir James: »Ich lasse dich nicht im Stich, das bisschen Regen schadet mir nicht.«

Oben merkte keiner was von der ganzen Aktion, nur die Mama rief: »Tim, dein Toast ist fertig. Wo ist der schon wieder?« Schnell liefen Tim und Jenny nach oben und verschlangen ihren zweiten Toast, aber nur einen kleinen Teil. Der größere Teil verschwand in der Serviette für die Mäuse. »Mann, hier riecht es aber gut«, sagte Papa, als er seinen Mittagsschlaf beendet hatte und in die Küche kam. »Ich konnte heute leider nichts Besseres kochen, mir fehlte einfach die Zeit.« »Ich esse doch alles, was du kochst. Ich möchte heute gerne ein Glas Bier dabei trinken.« Jenny sagte: »Bin schon unterwegs.« Denn sie wollte so schnell wie möglich zu ihrem Freund Sir James in den Keller.

Die Eltern unterhielten sich und merkten nicht, dass die beiden schon wieder im Keller waren. Die mitgebrachten Toasts reichten nicht für alle. »Mann, war das lecker, aber leider zu wenig!« »Wer hat denn noch Hunger?« »Wir alle.« »Aber Toast mit Ananas ist aus, ich kann euch nur Schwarzbrot mit Leberwurst anbieten.« »Und ich bekomme Nutella«, rief Babsi aus der einen Ecke. Jenny ging nach oben und schmierte fleißig die Brote. »Was wird das, Jenny, hast du noch Hunger?« »Ja ein bisschen, haben wir noch Leberwurst da?« »Jenny, du isst doch keine Leberwurst.« »Stimmt, aber Sir James und Sir Henry.« »Jenny, nicht schon wieder, wann hört das endlich auf mit euren Spinnereien?« Aber Jenny ließ sich nicht stören und brachte die Brote gleich in den Keller. »Braucht ihr sonst noch etwas?« »Etwas zu trinken wäre nicht schlecht.« Nun holte Jenny noch mehrere kleine Gefäße mit Wasser. Als Schlappi draußen auf der Treppe genüsslich sein Leberwurstbrot futterte, schnupperte Sir James mit seinem kleinen Näschen und sagte mit schwacher Stimme: »Was riecht denn hier so lecker? Da bekommt man gleich Appetit.« Schlappi überlegte nicht lange und teilte sein Brot mit ihm. Als beide ihr Brot aufgegessen hatten, sprach er noch mit Sir James. »Du siehst aber gar nicht gut aus, wie können wir dir helfen?« »Ach«, sagte James, »mein Herz will nicht mehr so richtig. Ich bin alt und die Flucht von England, die Überfahrt, dann auch noch der Sturz durch den langen Schacht haben mir sehr zu schaffen gemacht.«

Kurz darauf kam auch Tim wieder in den Hof. »Na, Onkel James, ach, ich meine, Sir.« »Nicht so förmlich, für euch bin und bleibe ich einfach James. Ohne euch würden wir gar nicht mehr leben. Ich bin sehr schlapp, bekomme sehr schwer Luft, mag das Alter sein.« »Keine Angst, Onkel James, wir päppeln dich schon wieder auf.« Nach einer kurzen Zeit rief die Mama schon wieder von oben: »Kommt rauf, es regnet, was macht ihr eigentlich da draußen?« Jenny rief: »Wir spielen im Keller mit Schlappi!« »Wenn ihr nach oben kommt, räumt bitte eure Spielsachen aus dem Weg, damit im Dunkeln keiner darüber fällt.« »Ja, ja, das machen wir schon!« »Was machen wir jetzt mit James? Den können wir doch nicht die ganze Nacht unter der Kellertreppe lassen. Da kommt der Kater zwar nicht ran, aber es ist zu kalt.« »Ja, das weiß ich auch. Ich habe eine Idee: Wir stellen James mit dem Hänger direkt hinter die Kellertür, da können wir die Tür einen Spalt offenlassen und James bekommt frische Luft.« »Das Kellerfenster müssen wir dann aber schließen.«

Mama rief schon wieder: »Es ist spät, kommt bitte rauf.« Jenny wollte die Kiste unter der Treppe hervorholen, doch die war zu weit nach hinten durchgerutscht. »Verdammt, ich komme nicht dran!« »Lass mich mal.« »Tim, du bist doch noch kleiner als ich.« Tim holte seine kleine Sandschaufel, die lag da gerade so rum, und versuchte, den Hänger damit zu bewegen. Es funktionierte tatsächlich. Vorsichtig trugen sie den Hänger mit Sir James in den Keller und stellten ihn hinter die Tür. Schlappi sagte gleich: »Soll ich bei dir bleiben?« »Wenn du bei uns bist, haben wir keine Angst.«

»Was machen wir nur, wenn es Sir James schlechter geht?« »Viel mehr können wir nicht tun, ich kenne keinen Mäusearzt«. »Wir müssen rauf, sonst gibt es Ärger, wir schicken euch Babsi zur Verstärkung, die passt ja überall durch.« Die Mama rief schon wieder. »Ja, wir kommen.« »Ihr seid schon lange über die Zeit, also waschen, Zähne putzen, und du Tim, ab ins Bett. Papa und ich kommen gleich Gute Nacht sagen.«

Tim diskutierte mit seiner Mutter. »Warum muss ich früher ins Bett?« »Tim, das hatten wir schon so oft besprochen. Weil Jenny älter ist, darf sie auch etwas länger aufbleiben. Außerdem muss ich mit Jenny noch Vokabeln lernen.« Als Tim ins Kinderzimmer kam, wurde er von Babsi übel beschimpft. »Mann, wo wart ihr so lange? Nehmt endlich den Schlüssel aus dem Schlüsselloch, damit ich auch raus kann. Ihr habt mich wieder eingesperrt, warum ist die Tür immer zu?«

Das Geschimpfe hörte man bis in die Küche. Jenny stürmte auch gleich ins Kinderzimmer. »Was ist hier los, Babsi?« »Ihr habt mich wieder eingesperrt!« »Das machen wir doch nicht absichtlich, das war gedankenlos von uns, entschuldige bitte.« »Aber wo warst du denn die ganze Zeit?«, fragte Tim. »Ich habe auf dem Sofa mit Oskar gelegen, da bin ich wohl eingeschlafen.« »Aber Oskar ist doch schon lange im Keller, wir haben dich da nicht gesehen. Ja, dann bist du ja eigentlich ausgeruht und kannst im Keller die erste Wache übernehmen.« »Und wenn die Tür wieder abgeschlossen ist?« »Babsi; das hatten wir doch schon, durch das Schlüsselloch oder unter der Tür, da ist genug Platz«. »Unter der Tür kann ich aber hängen bleiben und mich am Flügel verletzen.« »Ich nehme den Schlüssel raus, sonst musst du ums Haus fliegen. Wir lassen das Fenster im Kinderzimmer auf Kippe stehen. Nun jammere nicht zu viel, mach einen Abflug.« »Ja, ist ja schon gut, ich meine ja nur.« »Nu, hau endlich ab nach unten«, sagte Tim. »Dann habe ich noch eine Beschwerde. Wie sieht das mit meinem Essen aus? Ihr habt alle schon gegessen, bekomme ich auch noch etwas?« »Ich bringe dir später noch etwas runter.« Dann nahm Tim sich heute nur seinen Teddy Luis und kletterte in sein Hochbett. »Ich bin jetzt aber auch müde«, sagte Jenny, wusch sich schnell, putzte ihre Zähne, gab Papa und Mama einen Gutenachtkuss, ging ins Bett, kuschelte mit ihrem Püppchen und schlief ein. Damit war es oben in der Wohnung erst mal ruhig.

Freundschaft geschlossen

Unten im Keller tat sich einiges. Henry macht sich wie immer Sorgen um seinen Onkel und um die neuen Mausefallen, die aufgestellt werden sollten. Schlappi beruhigte ihn und sagte: »Macht euch darüber mal keine Sorgen, Tim und Jenny sorgen schon dafür, dass euch damit nichts passiert. Die beiden räumen die Mausefallen direkt wieder weg, wenn der Vater sie aufgestellt hat. Ich kann ja davon ein Lied singen mit meinem Ohr.« »Du warst auch nicht achtsam.« »Hallo, es war dunkel, ich muss zugeben, ein bisschen neugierig war ich auch, bin halt zu nah drangekommen.« »Waren da nicht zwei Fallen?« »Die eine hat Jenny versteckt, und die andere muss noch im Keller irgendwo versteckt sein.« Aufs Stichwort kam Sophie genau zum richtigen Zeitpunkt. »Ich höre, ihr sucht die zweite Falle.« »Ja.« Und sie setzte gleich zum Flug an. Nach einer Weile rief sie: »Ich habe sie gefunden. Hier, hier hinter der Tiefkühlung liegt sie, ist aber leer,« und lachte dabei. »Es besteht also keine Gefahr für Sir Henry!« Babsi erkundigte sich noch mal nach Sir James. Der aber schlief fest in seiner Kiste, die frische Luft tat ihm gut. »Nun lasst uns auch ein bisschen schlafen, es war ein anstrengender Tag. Gute Nacht allerseits.«

Die Eltern schauten noch einen Film, dann erkundigte sich der Vater: »Hast du mal zwischendurch nach den Mausefallen geschaut, ob da was drin war?« »Ja Schlappi hat sich sein langes Ohr darin eingeklemmt und fürchterlich gejault.« »Wie, Schlappi hat gejault, haben wir neuerdings einen Hund, wovon ich nichts weiß? Wir waren uns doch einig: keinen Hund und keine Katze im Haus.« »Nein, nein, so ist das nicht, das ist eine lange Geschichte, die erzähle ich dir ein anderes Mal.« »Mit den Mäusen müssen wir trotzdem aufpassen, damit die sich nicht vermehren. Am besten holst du noch mal ein Stück Speck, da sind die ganz scharf drauf.« »Ja, morgen, wenn ich einkaufen gehe, bringe ich welchen mit.«

Der Film war zu Ende, Mama schaute noch mal bei den Kindern vorbei – alles friedlich. »Wann musst du, morgen raus?« »Schatz, wie immer um halb drei.« »Dann decke ich dir schnell noch den Tisch für morgen früh.« »So nun lass uns auch schlafen gehen. Denk noch an die Kinderzimmertür, mach sie auf. Tim ist so klein, er kommt noch nicht richtig an die Türklinke, falls er zur Toilette muss.«

Endlich Ruhe überall. Nur Sophie flog ihre Runden ab, begegnete dem Nachbarshund Paul und der Katze Samson. Sophie fragte: »Na, Paul, gibt es etwas Neues in eurer Nachbarschaft?« »Nein bei uns ist nichts Neues. Aber bei euch, der Familie Buchmann, sind Mäuse im Keller. Der einen soll es ganz schlecht gehen. Außerdem sollen die von Adel sein, stimmt das?« »Ja das stimmt«, sagte Sophie.

»Herr Buchmann will die Mäuse allerdings fangen und hat schon Fallen aufgestellt. Der weiß gar nicht, dass die Mäuse vom Adel sind und sprechen können. Und die Katze Samson will die Mäuse auch fangen und fressen. Dabei können die genau wie wir sprechen. Aber eine von den Mäusen ist sehr krank.«»Was hat die denn?«, fragte der Hund Paul. Sophie antwortete:»Ihr Herz macht nicht mehr so mit, darum braucht sie viel frische Luft.«

»Du kommst gerade richtig, Samson. Willst du wirklich die Maus fangen und fressen, ich meine Sir James, die bei Tim und Jenny im Keller ist?«
»Nein, Sophie, es tut mir auch leid. Ich sehe schon die ganze Zeit, wie traurig ihr alle seid. Außerdem habe ich eh keine Chance, weil Schlappi dauernd im Keller ist. Was hat sie denn?«, fragte Samson ganz mitleidig.»Sie ist alt und schwach, die Flucht

hat ihr zugesetzt. Wir bringen sie zwar immer an die frische Luft, haben aber auch Angst, dass du, Samson, sie fressen willst.« »Das ist ja alles furchtbar, ich esse doch keine kranken Mäuse. Wie kann ich euch helfen?« »Samson, willst du nicht unser Freund werden? Denn Freunde helfen sich und fressen sich nicht.« »Ich kann doch nicht euer Freund werden, was sollen denn die anderen Mäuse hier aus der Straße von mir denken. Aach, ich weiß nicht!«

»Man kann schon, wenn man will!«, hörten sie eine Stimme sagen. Alle schauten sich verdutzt an. »Sagt wer? Wo kommst du denn auf einmal her? Wieso mischst du dich in unser Gespräch ein?« »Nun regt euch mal nicht so auf. Ich sitze schon eine Weile hier und bekomme alles mit, was bei euch so abläuft. Ich bin Mr. Tom, wie ihr seht, das Eichhörnchen, und wohne dort im Tannenbaum. Und wenn es kälter wird, ziehe ich gleich nebenan in den Dachstuhl ein. Übrigens, Sophie ist meine neue Nachbarin.« »Ja das stimmt!«, antwortete Sophie. Mr. Tom ließ nicht locker und überredete Samson immer wieder, ihr Freund zu werden.

Der Hund Paul sagte gleich: »Das macht Samson nie. Dann sagen alle anderen Katzen aus der Straße, er sei ein Feigling.« »Ja, mmh ja, mh, ich überlege es mir«, sagte Samson. »Nein, nein so geht das nicht. Du musst dich jetzt entscheiden«, sagte Paul. Samson druckste noch einen Moment rum und murmelte vor sich hin: »Drüben auf der anderen

Straßenseite wohnen auch noch Mäuse. Die könnte ich dann fangen, ich muss ja schließlich was zu essen haben. Na gut, wenn Ihr mich so nett bittet, will ich euer Freund sein!«»Okay, dann schlagt alle ein, ab jetzt ist es amtlich.«

Das hörte die Katze Felix, die die ganze Zeit auf der Mauer saß und alles mitbekam. Sie lachte laut und sagte:»Ha, ha, nun habe ich ein leichtes Spiel. Ich habe kein Versprechen gegeben, und du, Samson, bist ab sofort keine Gefahr mehr für mich.«»Das glaubst aber nur du. Ab sofort hast du einen neuen Feind, auch ich passe jetzt auf die Mäuse auf. Wie wäre es, Felix, können wir dich nicht auch als Freund gewinnen?«»Nein, auf keinen Fall, mit Samson kann ich nicht Freund sein.«»Warum nicht?«»Fragt ihn selbst«, sagte er, drehte sich um und verschwand. Alle fielen über Samson her.»Was hast du angestellt? Warum sprecht ihr nicht mehr miteinander?« Samson wurde traurig.»Das ist schon so lange her«, sagte er und fing an zu erzählen.

»Felix und ich waren früher dicke Freunde. Wir verabredeten uns für eine Nachtwanderung, um Mäuse zu fangen. Ich traf eine alte Freundin und habe dabei die Zeit vergessen. Wir hatten so viel zu erzählen, Felix hatte ich ganz vergessen. Der aber hat mich gesucht. Er dachte, mir sei etwas zugestoßen. Dann sah er mich mit der Katze, als wir uns gerade verabschiedeten und uns dabei umarmten. Felix kam dazu, fauchte mich an und sagte wütend:

Das wirst du noch bereuen. Seitdem spricht er kein Wort mehr mit mir.« »Das ist alles, habt ihr euch nie ausgesprochen?« »Nein ich hatte nie die Gelegenheit von ihm bekommen.« »Das ist doch kein Grund, sich so stur zustellen.« Die Unterhaltung draußen wurde immer lauter. Wütend kam Babsi aus dem Keller. »Wer schreit denn hier so laut? Ihr wisst doch, dass Sir James krank ist, oder?«

»Ja, ja, ja«, sagten alle leise, »schon gut.« »Was war los, oder was war so wichtig?« »Wir haben uns über die Katze Felix geärgert.« »Worüber denn?« »Mr. Tom, das Eichhörnchen, sagte, Felix und Samson seien früher mal dicke Freunde gewesen und nur durch ein Missverständnis seien sie jetzt verkracht und keiner ginge auf den anderen zu.« »Und warum wart ihr so laut?« »Wir haben heute etwas ganz Besonderes geschafft: Wir alle haben mit der Katze Samson Freundschaft geschlossen, sie will sogar auf die Mäuse aufpassen und sie nicht mehr jagen oder fressen.«

»Stimmt das, Samson? Ich kann das nicht glauben«, rief Babsi laut. »Das muss ich gleich Sir James und Sir Henry erzählen.« Mit einem Affenzahn flog sie in den Keller. »Du, he, du, he, Schlappi, he, wach auf! Samson, die Katze, ist unser neuer Freund. Das muss ich direkt den Mäusen erzählen. Aber wo sind die?« Es wurde lauter und lauter im Keller. Schlappi schüttelte sich erst einmal, um wach zu werden, und sagte: »Ich habe etwas Komisches geträumt.« »Was hast du geträumt, nun sag schon, Schlappi!« Dann geschah etwas Sonderbares. Samson kam leise die Kellertreppe herunter, Sophie im Schlepptau. Alle staunten, nur Schlappi nicht. Er konnte die Katze nicht sehen, weil er mit dem Rücken zu ihr stand. Babsi wurde ungeduldig. »Was hast du denn geträumt?« »Ich träumte, dass die Katze Samson unser aller Freund werden will.« Alle sperrten den Mund auf und sagten: »Nein das glauben wir nicht.« »Da seht mal,« Samson stand auf der Treppe, sagte mit stolzer Stimme: »Nein, Schlappi, du hast nicht geträumt, Babsi hat es dir ins Ohr gebrüllt.« »Und das stimmt wirklich? Samson, du willst unser Freund sein?« »Ja, ich stehe zu meinem Wort.« Alle freuten sich, machten einen Freudentanz und vergaßen dabei die Mäuse. Schlappi merkte es als Erster. »Hört mal zu, seid mal leise, wo sind die Mäuse?« Samson meinte: »Vielleicht haben die sich wegen mir versteckt!« »Nein, nein, die sind schon eine längere Zeit nicht mehr hier.« »Seid noch mal leise, ich höre Stimmen. Ich glaube, da stimmt was nicht, Babsi schau mal nach.«

Sie flog los, um nach den Mäusen zu schauen. Es dauerte nicht lange, da kam Babsi aufgeregt und traurig zurück. »Was ist los? Nun rede schon, ist was mit Sir James?« »Henry sagte, er weiß, dass sein Onkel sterben wird, und er möchte allein sein, um in den Mäusehimmel zu gelangen. Henry bleibt aber so lange bei ihm.« Sophie und auch alle anderen waren erschrocken, hielten sich die Hand vors Gesicht und mussten mit den Tränen kämpfen. »Ich kann es nicht glauben, gestern ging es ihm doch noch besser!« »Er ließ es sich nicht anmerken, er wollte nicht, dass wir alle traurig sind.« »Das ist ihm aber gelungen, wo ist er jetzt?« »Auf der linken Seite, ziemlich am Ende. Das ist sein Lieblingsplatz, weil dort ein kleiner Lichtstrahl in den Keller scheint. Außerdem zieht es dort nicht so.«

Sophie und Babsi hielten die Spannung nicht aus und flogen noch mal in das Rohr. Die anderen warteten ganz aufgeregt. Dann hörten sie komische Stimmen und Laute. Es hörte sich an, als würde jemand weinen. Leider war es auch so. Babsi kam als Erste im Sturzflug, setzte sich auf Schlappis Kopf, Sophie setzte sich ganz traurig auf Schlappis Ohr und beide fingen fürchterlich zu weinen an. Die Katze Samson ging auf beide zu, nahm ihre Pfote, wollte sie trösten und streichelte sie zärtlich. Jeder war mit sich selbst so beschäftigt, dass keiner bemerkte, dass es eigentlich Samson war, der hier alle tröstete. Jetzt konnte er seine neue Freundschaft unter Beweis stellen. Er fragte: »Was ist denn los, warum weint ihr alle?« Die beiden weinten so heftig, sie konnten sich nicht beruhigen. Henry kam mit sehr traurigem Blick aus dem Loch und sagte leise:»Mein Onkel James ist eben verstorben, er ist jetzt im Mäusehimmel,« und lief weinend zurück in sein Versteck. Er sah zwar, dass Samson im Raum stand, war aber so traurig, dass er es nicht richtig wahrnahm.

Babsi flog schnell hinterher, sie wollte ihn mit der guten Nachricht ablenken.»Henry, hör zu, ich habe eine gute Nachricht: Die Katze Samson ist seit gestern unser neuer Freund, wir konnten es dir nur noch nicht mitteilen.«»Stimmt das wirklich Babsi?«»Ja, Ehrenwort, du siehst es doch selbst, er sitzt bei Schlappi und tröstet ihn.«»Kurz bevor Sir James starb und in den Mäusehimmel gegangen ist, hat er mir das Täschchen mit einem Schriftstück gegeben und hat mir von einem Geheimnis erzählt.«»Ist es das, was du da unter dem Arm hast? Das ist aber eine schöne Tasche, was ist denn da drin? Lass mal sehen. O mein Gott, das ist ja ein uraltes Stück Papier mit einem eingezeichneten Schatz, oder?«

»Ja, das ist unser altes Zuhause, wo wir ganz früher gewohnt hatten. Aber das ist doch alles kaputt gegangen«, sagte Henry,»wer weiß, ob man da, überhaupt etwas finden kann, wo doch alles zerstört ist.«»Schau mal richtig hin, da ist eine Zeichnung und eine Wegbeschreibung. Das musst du unbedingt den anderen sagen.« Henry winkte ab. »Das muss ich mir erst mal in Ruhe mal anschauen«, sagte er und steckte alles wieder in die kleine

Tasche. »Henry, komm ruhig her, es stimmt, was die anderen sagen. Ich bin euer Freund.« Langsam ging Henry auf Samson zu und gab ihm sein kleines Pfötchen. Der drückte ihn an sich. »Tut mir sehr leid mit deinem Onkel.« Im gleichen Atemzug fragte er: »Seid ihr wirklich von Adel?«

»Ja«, sagte Sir Henry, »wir sind vom königlichen Adel.« Nacheinander kamen sie zu Sir Henry und sprachen ihr Beileid aus. Schlappi war als Letzter dran und konnte seine Tränen nicht zurückhalten. Er nahm Henry mit seinem Ohr ganz nah an sich, um ihn zu trösten. Sir Henry machte es sich auf Schlappis Ohr gemütlich. Sie führten noch lange Gespräche über Onkel James, wie er so war und was sie alle zusammen mit ihm erlebt hatten. Dabei bemerkten sie gar nicht, dass es draußen schon langsam hell geworden war. Sophie verschwand mit den Worten: »Bleibt alle tapfer bis heute Abend.« Sir Henry schlief dann vor Erschöpfung auf Schlappis Ohr ein.

Oben in der Wohnung hatte keiner etwas von dem mitbekommen, was sich in der vergangenen Nacht im Keller abgespielt hatte. Ein neuer Tag. Der Vater war schon früh aus dem Haus. Tim und Jenny wurden wie jeden Morgen um kurz vor sieben geweckt. »Guten Morgen, ihr Lieben, ihr könnt aufstehen, das Frühstück ist fertig.« »Gibt es frische Brötchen?« »Nein, heute nicht, ich kann euch Toast anbieten!« »Ich bekomme eins mit Schwarzbrot und Schmierwurst.« »Reicht dir eins?« »Ja, Mama, bitte noch einen Apfel und eine Caprisonne, danke!«

»Was möchtest du, Tim?«»Wie immer mit Nutella und einen Apfel. Den aber bitte gleich schälen und klein schneiden, denn wir frühstücken heute gemeinsam im Kindergarten.« Als Jenny ihre Schultasche aus dem Kinderzimmer holte, wurde sie sehr mürrisch von Oskar und Luis mit »Morgen« begrüßt. »Gibt es für uns auch Frühstück?« »Ja, wieso fragst du? Wir denken doch immer an euch.«»Gut, dass du das mal ansprichst. Denken ist nicht geben, wir haben Hunger.«»Tut mir leid, ihr beiden, dann aber schnell. Geht schon mal in die Küche.« Jenny war heute etwas unruhig wegen der Mäuse, denn James machte ihr große Sorgen. »Ich muss noch mal schnell in den Keller«. »Was willst du denn so früh im Keller?«, fragte die Mutter. »Mir eine Caprisonne holen.«

»Jenny, im Kühlschrank sind genügend vorrätig und schön gekühlt!« Aber da war sie schon weg. »Sonderbar, sie geht doch nie gerne in den Keller so früh und allein. Komisch, wer weiß, was sich da wieder zusammenbraut.«»Meine Güte, warum kriege ich denn jetzt nicht die Tür auf?« Jenny drückte fest dagegen und konnte durch einen Spalt in den Keller hineinschauen. »Das ist kein Wunder, wenn die alle kreuz und quer vor der Türe liegen. Das glaub ich jetzt nicht, alle schön vereint, was ist hier los?« Natürlich redeten alle durcheinander. »Hallo, stopp, stopp, stopp, einer nach dem anderen!«. Trotzdem war es ein lautes Durcheinander und Geheule. Es war bis oben in der Küche zu hören. Oskar, Luis und Tim schauten sich an, marschierten eilig in den Keller und hörten gerade, wie Schlappi sagte: »Ich habe eine gute und eine schlechte Nachricht, welche zuerst?« »Die gute zuerst« »Die gute Nachricht ist, die Katze Samson ist unser neuer Freund geworden.« »Wie jetzt, warum gerade jetzt? Verstehe ich im Moment nicht. Und die andere Nachricht, die schlechte?« »Das könnt ihr euch wohl denken«. »Schlappi, nein, du meinst doch nicht Sir James?« »Doch, der ist heute Nacht verstorben.« »Ich habe so etwas geahnt, ich war die ganze Nacht unruhig. Deshalb musste ich noch vor der Schule in den Keller, um nachzusehen, ob alles in Ordnung ist. Jetzt weiß ich auch, warum ihr alle so traurig seid.« »O je, was machen wir jetzt? Wir müssen ihn begraben, aber wie? Und wie kriegen wir ihn aus dem hinteren Loch raus? Fragen über Fragen, das wächst uns jetzt alles über den Kopf.«

Von oben rief eine energische Stimme: »Fällt für euch heute die Schule und der Kindergarten aus?« »Wie ihr hört, ich muss in die Schule und Tim in den Kindergarten. Ihr bleibt heute am besten alle zusammen. Ich mache euch schnell noch ein paar Brote und lege die dann auf die Treppe. Und heute Mittag sehen wir weiter.« Als Jenny die Brote schmieren wollte, fragte die Mutter: »Was machst du da? Deine Brote sind doch schon fertig!« »Weiß ich, Mama, ich brauche heute eins mehr.« »Ach so.« »Tim, hol schon mal die Butter und hilf mir schnell, ich komme sonst zu spät. Kannst du die Brote dann runterbringen?«»Ja, mache ich.«

»Ist jetzt alles in Ordnung bei euch?«, fragte die Mutter. »Ja, ja Mama, tschüss bis heute Mittag.« »Tim, was war denn im Keller los?« Nun musste sich Tim was ausdenken. »Ach, das war so, Mama, Oskar und Luis, die beiden wollten heute unbedingt draußen im Garten bleiben. Wir hatten zwar eine heiße Diskussion, konnten sie aber überzeugen, doch drinnen zu bleiben, es könnte ja regnen.« »Hast du auch die Kellertür abgeschlossen?«»Ja, ja, Mama.« O je, dachte Tim, wenn die wüsste. Ich muss doch die Türe auflassen, sonst macht Babsi wieder Theater. Na, ja es wird schon gut gehen, ansonsten gibts Ärger vom Papa.

»Komm, ich bringe dich heute mit dem Fahrrad in den Kindergarten. Ich gehe gleich einkaufen. Du hast heute keinen mit, sonst nimmst du doch immer den Hund oder deinen Teddy mit in den Kindergarten?«»Nein, heute geht es nicht. Sir James ist vergangene Nacht gestorben. Oskar, Luis, Sophie, Babsi, Schlappi und Samson bleiben heute zu Hause, weil sie Sir Henry trösten wollen.«

»O, o, Tim, wo soll das nur noch enden, du mit deinen Geschichten.« Tim erzählte den ganzen Weg, was passiert war. Die Mama schüttelte unentwegt den Kopf und gab Tim unmissverständlich die Anweisung, doch nicht mehr solche Horrorgeschichten zu erzählen. »Ihr wisst schon, dass Papa neue

Fallen aufgestellt hat!« »Aber Mama, das braucht er jetzt nicht mehr!« »Warum?« »Ich habe es doch gerade gesagt: Sir James ist gestorben.« »Wer, bitte schön, ist jetzt Sir James?« »Och Mama, du kannst Fragen stellen. Die Maus ist Sir James.«

»Jetzt wird es mir unheimlich mit deinen Geschichten.« Zum Glück kam Gary auf sie zu. Tim verabschiedete sich von Mama mit tschüss und die beiden gingen in den Kindergarten. »Du, Gary, ich muss dir was sagen. Bei uns zu Hause im Keller ...«, und er fing an zu erzählen. Gary hörte sehr gespannt zu, er wollte immer mehr wissen. »Stimmt das auch alles, was du mir da gerade erzählst?« »Kannst nach dem Kindergarten mit nach Hause kommen und dich davon überzeugen.« Die beiden waren so vertieft in ihr Gespräch, dass sie gar nicht merkten, dass die Kindergärtnerin sie mehrmals aufgefordert hatte, sich zu setzen und mit dem Frühstück zu beginnen.

»Na, was habt ihr beiden wieder so Wichtiges zu erzählen?« »Es war nicht so wichtig«, antwortete Tim. »Ich habe Gary nur gefragt, ob er heute Mittag mit mir nach Hause möchte.« »Nur wenn eure Mütter es erlauben. Nun setzt euch bitte und packt euer Frühstück aus. Heute essen wir gemeinsam und tauschen unser Essen untereinander. Guten Appetit, nach dem gemeinsamen Frühstück gehen wir alle auf den Hof.« Die Zeit verging wie im Flug, um zwölf wurden die Kinder abgeholt. Tim fragte die Mama: »Darf Gary heute mit nach Hause?« »Wir warten auf Garys Mutter, wenn die es erlaubt, kann er gerne mitkommen.« Ja, und es funktionierte.

Die beiden konnten es nicht erwarten, so schnell wie möglich nach Hause zu kommen, denn Gary glaubte nicht so richtig an die Geschichte. Und schon standen sie vor der Haustür. Mama trug ihr Fahrrad in den Keller und hörte lautes Gerede und Geraschel. Ob es doch mehr Mäuse sind als Papa vermutete, fragte sie sich. In der Wohnung angekommen, stürmte Tim gleich ins Kinderzimmer. »Wo sind Luis, Oskar?« »Tim, du fragst mich da etwas, die saßen doch heute Morgen mit dir am Frühstückstisch. Danach seid ihr in den Keller gegangen.« »Ach ja, das stimmt.« »Was wollt ihr essen? Nudeln oder Fritten?« »Mama, am liebsten Fritten.«

»Für die Fritten muss ich an die Tiefkühlung, die steht im Keller!« »Wir gehen mit!« »Nanu, die Tür ist nicht abgeschlossen, Tim! Hast du mir etwas dazu zu sagen?« »Ja, Mama, heute ist alles anders. Sir James ist doch gestorben. Samson ist unser neuer Freund geworden, das ist auch für uns alle Aufregung genug!« »Was meinst du damit: für uns alle?« »Na, für Schlappi, Oskar, Luis und Sophie. Übrigens: Die fliegt erst heute Abend zu uns, sie ist ja eine Fledermaus.«

»Tim, jetzt reicht es mir! Ich kann deine Geschichten nicht mehr hören und vor allem nicht verstehen. Erst waren es die Teddys, dann der

Hund, die Katze, die Mäuse, jetzt auch noch eine Fledermaus. Was zu viel ist, ist zu viel, ich muss heute unbedingt mit Papa darüber reden.«»Mama, du musst, mit glauben, es ist die Wahrheit. Wenn Jenny aus der Schule kommt, wird sie dir dasselbe sagen.«

Als sie weiter in den Keller kamen, staunte die Mutter wirklich. Alle Tiere saßen in einer Runde und weinten.»Was ist denn hier los? Was bedeutet das, dass alle Tiere hier in einer Runde weinend sitzen? Gibt es dafür eine Erklärung?«»Jetzt kannst du es mit eigenen Augen sehen und hören«, sagte Tim.»Wir haben euch nie belogen oder gesponnen.« Auch Gary staunte nicht schlecht und dachte: Das ist ja krass. Was ich jetzt hier sehe, muss ich erst einmal verdauen.»Wie lange geht das schon so und wo ist denn euer Sir James oder wie auch immer der heißt?«»Der ist doch gestern Abend gestorben«, antwortete Sir Henry mit trauriger Stimme. Die Mutter antwortete laut und energisch:»Hoffentlich in der Mausefalle, wo ist der jetzt?«»Im hinteren Teil des Kellers, da kommen wir nicht dran.«»Und zum Kuckuck, wer bist du?«»Ich heiße Henry, Sir James war mein Onkel.«»Jetzt erkenne ich dich an den weißen Flecken. Aber was machen wir jetzt mit euch? Mir fehlen im Moment die Worte!«»Frau Buchmann, als Erstes müssen wir die Verwandten benachrichtigen, damit sie alle an der Beerdigung teilnehmen können.« Mama wurde laut.»Auf keinen Fall noch mehr Mäuse, das überleb ich nicht!«Sie schüttelte nur mit dem Kopf.»Das muss ich gleich alles mit Papa besprechen, ich mache euch erst mal die Fritten.«

Gary stand immer noch mit offenem Mund da. Er konnte es nicht fassen, was er gerade gesehen und gehört hatte, und fragte Tim: »Wie lange geht das schon so? Du weißt schon, dass du mit den Tieren sprichst und sie verstehst.« »Kannst du dich an das Sommerfest im Kindergarten erinnern? Ich habe beim Eierlaufen den schönen Hund mit den langen Ohren gewonnen. Jenny und ich haben uns immer einen Hund gewünscht, aber nie einen bekommen, weil wir auf einer Etage wohnen, und keinen Garten haben.« »Ihr habt doch einen großen Hof.« »Trotzdem, die Eltern haben es nicht erlaubt. Darum habe ich mich richtig gefreut, als ich ihn gewonnen habe. Genauso einen haben wir uns gewünscht. Doch dann, als wir nach dem Fest nach Hause gingen, habe ich ihn gestreichelt und gesagt: ‚Na, wie soll ich dich demnächst rufen?‘ Da springt der mir aus dem Arm, schüttelt sich mit seinen langen Ohren so richtig aus und sagt: ‚Ich heiße Schlappi und will laufen!‘ In diesem Moment konnte ich nichts mehr sagen, er lief einfach weiter nach Hause. Ich sagte: ‚Warte doch mal, du weißt doch gar nicht, wo ich wohne. Dann komm einfach mit, ich zeige es dir.‘ Tatsächlich lief er in die richtige Richtung nach Hause. Als wir zu Hause waren, sagte er: ‚Jetzt kannst du mich die paar Stufen hochtragen, danke.‘ Wir kamen ins Kinderzimmer und er unterhielt sich gleich mit allen Teddys, Puppen, Stofftieren und dem Marienkäfer. Als Jenny aus der Schule kam, war sie genauso wie ich erst einmal sprachlos. Dann konnten auf einmal alle Stofftiere mit uns reden. Es gab dauernd Missverständnisse, ich bin gespannt, was der Papa heute dazu sagt. Denn unser Papa hat als Erster die Mäuse entdeckt, darum auch die Mausefallen. Danach lief so manches schief.«

»Tim«, fragte Schlappi, »wen hast du denn heute mitgebracht?« »Das ist mein Freund Gary aus dem Kindergarten.« »Das ist ja alles unglaublich, das muss ich gleich morgen allen im Kindergarten erzählen.« »Nein! Gary, das tust du nicht. Dann bist du nicht mehr mein Freund und darfst mich nicht mehr besuchen, schwöre.« »Ja ich schwöre, auch wenn es mir schwerfällt. Was macht ihr jetzt mit der toten Maus?« »Das ist keine normale Maus, Gary, das ist Sir James. Er ist von königlicher Abstammung.« »Die können euch viel erzählen, gibt es einen Beweis dafür?« »Ja, Sir Henry hat Papiere dabei, aber das kann dir gleich Jenny besser erklären.«

»Eure Fritten sind fertig!«, rief Mama runter, »kommt bitte rauf essen.« Luis und Oskar sagten: »Geht nur, aber esst nicht alles auf. Das Frühstück heute Morgen war für uns alle zu wenig.«

Gary war so begeistert und hakte noch mal bei Tim nach. »Wir können wirklich mit keinem darüber reden?« »Nein, wenn du das tust, werde ich sehr böse. Du siehst doch selbst, dass ich immer als Geschichtenerzähler ziemlich blöd dastehe. Außer dem wird uns keiner glauben.« »Und wenn du alle Kinder aus deiner Gruppe mal nach Hause einladen würdest?« »Das fehlte noch, meine Mutter würde sich bedanken.« »Bitte eure Hände waschen und guten Appetit. Hier sind Ketchup und Mayo.«

In diesen Moment schellte es Alarm. »Nanu, Jenny, du bist aber heute früher dran.« »Ja, die letzten zwei Stunden sind heute ausgefallen. Das passte gut, ich habe immer nur an Sir James denken müssen. Wenn ich das in der Schule erzählen würde, mein Gott, die würden mich für verrückt halten.« »Siehst du, Gary, das meine ich damit. Die würden uns für verrückt halten.« Jenny konnte nicht ahnen, dass die Mama in allem Bescheid wusste, was sich so im Keller immer abgespielt hatte. Darum konnte sie auch nichts damit anfangen, als Tim ihr signalisieren wollte, dass die Mama schon Bescheid wusste.

»Tim, was willst du mir die ganze Zeit sagen? Ich verstehe das nicht!« »Jenny, die Mama war heute mit im Keller und hat alle kennengelernt, sie weiß jetzt über alles Bescheid. »Gott sei Dank, da fällt mir ja ein Stein vom Herzen, mit den Heimlichkeiten ist es nun endlich vorbei. «Dann können wir uns in Ruhe um die Beerdigung von Sir James kümmern.« »Das könnt ihr einfacher haben, ich gebe euch eine Zeitung, darin könnt ihr die Maus einpacken, dann ab damit in die Mülltonne.« »Hey Mama, nee Mama, das glaube ich nicht, was du da gerade sagst, James ist unser Freund, und außerdem ist er von königlicher Abstammung, den können wir doch nicht in die Mülltonne werfen.« Tim und Jenny fingen an zu weinen, »wir müssen ihn anständig begraben.«

In dem Moment kam Papa zur Türe hinein. Er hörte nur im Flur, als er seine Jacke aufgehängt hatte: »... müssen wir beerdigen.« Fragend kam er in die Küche. »Wen müssen wir beerdigen?« »Das überlegen wir uns noch«, sagte Jenny, »da ist so ein Tier im Garten.« Papa fragte: »Ein Vogel?« »Ja, ja«, sagten Tim und Jenny schnell. »Ja, natürlich könnt ihr den Vogel beerdigen, aber vorsichtig und mit Handschuhen anfassen.« »Danke, Papa«, und schwupps waren sie in den Keller gelaufen. »Meine Güte, jetzt müssen wir Papa auch schon belügen, hoffentlich hört das bald auf.« »Möchtest du auch ein paar Fritten?«, fragte die Mutter den Vater. »Nein, mach mir bitte einen Kaffee. Gibt es sonst was Neues?« Nein, alle waren froh, keine Antwort drauf geben zu müssen.

Da Papa morgens immer früh aufstehen musste, ging er nach dem Kaffee etwas schlafen und Mama nahm sich die Bügelwäsche vor.

Im Keller herrscht große Aufregung und Ratlosigkeit. »Wie kriegen wir James hinten aus dem Keller? Er liegt in einem Rohr hinten in der schlimmsten Ecke, da passt keiner von uns rein.« Die Nachricht von Sir James' Tod ging wie ein Lauffeuer durch die ganzen Rohre, sogar bis ins Schloss Windsor. Als man das dort hörte, machten sich schon einige auf den Weg, um an der Beerdigung teilzunehmen. Sie nahmen viele Hindernisse in Kauf. Der Vogel Edward saß in Schloss Windsor auf dem Baum und beobachtete, wie die ganzen Mäuse das Anwesen verließen. »Ich will auch mit«, sagte er. »Ich kann vorausfliegen und erkunde für euch immer den Weg.« Die Truppe Mäuse war einverstanden und sie setzten sich in Bewegung.

Unterdessen suchte Jenny im Keller nach einer geeigneten Schachtel oder etwas Ähnlichem, was des Königs würdig war. Aber sie fand nichts Gescheites, ging nach oben und stöberte in den Schränken herum. »Was suchst du, Jenny?« »Ich brauche eine Schachtel für Sir James.« »Jenny, ich glaub das jetzt nicht. Hier hast du ein Stück Zeitung und ab in die Tonne mit ihm.«

Jenny war entsetzt, schrie und weinte ziemlich laut. »Das ist doch nicht dein Ernst!« »Jenny! Das ist doch nur eine Maus!« »Ja, das stimmt!«, sie wurde dabei sehr laut und stampfte mit Fuß so richtig auf. »Wie oft sollen wir es dir denn noch sagen. Es ist keine normale Maus, er ist ein König! Sein Gefolge, der ganze Hofstaat, seine Verwandten sind schon nach hier unterwegs. Sie kommen von überall her und wollen ihm das letzte Geleit geben.«

»Das kann doch nicht euer Ernst sein. Das glaub ich jetzt nicht, wie stellt ihr euch das vor? Wo soll die Maus denn eurer Meinung nach begraben werden?« »Im Garten«, antwortet Jenny. »Das kommt überhaupt nicht in Frage, jetzt ist endgültig Schluss damit. Mir reicht es, das wird ja immer schlimmer mit euch.« Jenny weinte und schrie, knallte ziemlich mit der Tür, ging weinend in den Keller und erzählte allen, was passiert war.

Der Vater kam aufgeregt in die Küche und fragte: »Womit soll Schluss sein und warum weint Jenny denn so? Oh, haben wir wen aufgeweckt?« Die

Mutter erzählte dem Vater die ganze Geschichte von Anfang an. Papa sagte:»Jetzt weiß ich erst, was die Kinder durchgestanden haben. Nun wird mir so manches klar und wir haben den Kindern das nicht geglaubt. Darum mussten sie dauernd lügen und etwas erfinden, um mit der Situation klarzukommen. Respekt, das haben die gut gemeistert. Wir sollten demnächst öfter mal zuhören und den Kindern glauben. Wo sind sie denn jetzt alle?«»Im Keller natürlich«, sagte die Mama.»Ja, dann werde ich mal in den Keller gehen und mich überraschen lassen.«

Als der Vater in den Keller kam, waren alle ganz still und verwundert. Dann nahm er Jenny und Tim in den Arm und sagte:»Wir hatten keine Ahnung von dem, was ihr hier alle erlebt habt. Die Mama hat mir gerade alles erzählt.«»Auch wirklich alles? Auch von den Mäusen?«»Ja!«»Von Schlappi, Luis, Oskar, Püppchen und Sophie?«»Ja, alles.«

Alle standen steif vor Schreck, nur Babsi flog dauernd hin und her schimpfte:»Mich habt ihr wieder vergessen!« Und sie setzte sich auf Schlappis Kopf.»Nun beruhige dich erst einmal. Wer bist du denn?«»Ich bin Babsi und für alle immer die Feuerwehr.«»Es ist schön, dass wir jetzt eine soooo große Familie geworden sind. Keine Angst, ich stelle auch keine Mausefallen mehr auf. Wie ich gehört habe, gibt es noch ein anderes großes Problem.«»Ja!«, alle sprachen durcheinander:»James'

Familie, Freunde, Beerdigung, Kiste, alle schon unterwegs ...«

Der Vater hörte sich erst mal alles an, um sich ein Bild zu machen. Er beobachtete dabei Henry, der auf Schlappis Ohr saß und weinte. Dann ging er auf die beiden zu. »Du bist also der berühmte Schlappi, der große Held und Beschützer!« Schlappi sagte ganz leise: »Berühmt bin ich zwar nicht, aber für alle der Beschützer, ja.« »Wen beschützt du da jetzt, gerade?«, fragte er und blickte zu Babsi, die auf Schlappis Kopf saß, und zu Henry, der auf Schlappis Ohr lag.

»Na ja«, sagte Schlappi, »Babsi, die kennen Sie ja schon, dann Henry, ich meine Sir Henry.« Der Vater streckte seine Hand aus und sagte: »Dann komm mal her, Henry!« Der zitterte vor Angst und hatte ganz verweinte Augen. »Hab keine Angst, ich tue dir doch nichts. Wir hatten keine Ahnung, dass ihr so große Probleme hattet. Jetzt erkenne ich dich, du bist mir ja schon mal über den Weg gelaufen. Eine Maus mit weißen Flecken sieht man ja auch nicht so oft.«

»Dann erzähl mir einmal, wie du und dein Onkel hierhergekommen seid.« »Wartet noch«, rief Tim. »Papa, da fehlt noch eine!« »Wer denn?« »Sophie, das ist die Fledermaus, die kommt nur abends raus, wenn es dunkel ist.« »Henry kann uns erst mal die Geschichte erzählen. Sophie kann ich später noch kennenlernen.« Und Henry erzählte die ganze Geschichte vom Schloss, von der der Flucht ... »Das ist ja schlimm, o Gott, was habt ihr alle durchgestanden«, sagte Vater immer zwischendurch, und alle hörten gespannt zu. Vor lauter Rührung liefen auch ein paar Tränen: Sogar der Vater konnte nicht vermeiden, ein paar Tränen zu weinen. Als Henry die Geschichte komplett erzählt hatte, nahm Vater seine andere Hand und streichelte Henry sanft über den Kopf. Dann setzte eine Stille ein und Vater setzte Henry wieder auf Schlappis Ohr. Man konnte ihm ansehen, wie er sich freute, wieder einmal den Beschützer spielen zu können.

Die Beerdigung

Als sich alle ein bisschen beruhigt hatten, fragte der Vater: »Wo ist denn euer Sir James?« »Ja Papa, das ist jetzt unser großes Problem. Sir James hat sich zum Sterben ganz zurückgezogen. Er liegt ganz hinten im kleinsten Rohr, von uns kommt keiner dran, um ihn da rauszuholen. Das Rohr ist für uns Menschen zu klein und für Sir Henry ist es zu schwer, ihn da, rauszuholen.« »Wir werden schon eine Lösung finden.« Nun fiel allen ein Stein vom Herzen, denn jetzt bekamen sie Hilfe von den Eltern. Jeder meinte, er hätte die bessere Lösung, um Sir James aus dem Rohr zu holen. Tim rief: »Ich habe eine Idee, ich hole meinen Kran. Jenny, du holst einen Waschhandschuh.«

»Was willst du mit einem Waschhandschuh?« »Frag nicht, hole ihn einfach, ich erkläre es dir gleich.« Tim lief weg und rief: »Ich bin gleich wieder da.« In der Zwischenzeit wollte die Katze Samson versuchen, in das Rohr zu krabbeln. Aber das dahinterliegende Rohr war kleiner als das erste, so musste er den Bergungsversuch abbrechen und wieder zurück krabbeln. Nach sehr kurzer Zeit schleppte Tim seinen großen Kran in den Keller. Selbst Papa war überrascht und fragte: »Was hast du vor?«

»Ich habe folgende Idee: Henry, jetzt bist du dran, nimm den Waschhandschuh zwischen die Zähne und ziehe ihn bis zu deinem Onkel James. Du, Babsi, begleitest ihn. Dann legt ihr den Onkel in den Handschuh. Samson, du nimmst die Schnur vom Kran in den Mund und versuchst, dich so weit wie möglich durch das Rohr zu quetschen. Henry und Babsi befestigen dann die Schnur am Handschuh, ich ziehe mit meinem Kran langsam an der Schnur und ziehe Sir James dann damit raus. Was haltet ihr von der Idee?« »Ob Babsi und Henry dafür die Richtigen sind?«, meinte Vater. »Ich glaube, die sind zu klein. Da muss schon jemand Stärkeres ran.« Alle Augen schauten auf Samson. »Ich kann es ja mal versuchen«, sagte er. »Was soll ich genau tun?« »Nimm erst mal den Handschuh zwischen die Zähne und versuch, so weit wie möglich durch das Rohr zu kommen. Versuche dann, James in den Waschhandschuh zu legen.« »Aber da müsste noch jemand mitkommen, um den Handschuh aufzuhalten.«

»Wie ist es mit dir, Henry?« »Na gut, wir probieren es.« Samson, Henry und Babsi zwängten sich durch die Rohre. Dann rief Samson: »Das erste Rohr ist geschafft, das zweite schaffen wir auch noch.« Alle waren so angespannt, dass keiner merkte, dass auch die Mutter in den Keller kam und besorgt fragte: »Klappt es?« »Ja, ja, sie geben alles.« Aus dem Rohr hörte mal reges Treiben: Es klappt, es klappt. Henry hielt den Handschuh auf, Babsi hielt im Flug eine Seite des Handschuhs auf und Samson schob vorsichtig den toten Sir James in den Handschuh.

»Das wäre geschafft«, sagte Samson und fügte hinzu: »Das hätte ich im Traum nicht gedacht, dass ich einmal eine Maus rette! Bei meinen Freunden kann ich nicht damit angeben, die sagen bestimmt, ich sei krank. Nun bin ich aber euer Freund, und Freunden muss man helfen.« Tim hielt den Kran fest, der jetzt nicht umfallen durfte, denn dann wäre alles umsonst. Vater begleitete das ganze Spektakel und wunderte sich über die gute Zusammenarbeit von allen.

Babsi hatte es geschafft, den Haken mit der langen Schnur in den Halter des Waschhandschuhs zu klemmen, und sauste zurück zu den anderen. »Nun könnt ihr langsam ziehen«, sagte sie. »Moment, erst muss Samson da raus.« Samson quetschte sich rückwärts raus und dachte so bei sich, als er rückwärts durch das Rohr kletterte: Das kann ich meinen Katzenfreunden nicht erzählen, dass ich Seite an Seite mit einer Maus eine andere Maus rette. Das glaubt mir keiner. Aber was tut man nicht alles für seine Freunde. Als er wieder zurück aus dem Rohr kam, sagte er: »Sir James hängt jetzt am Haken fest, ihr könnt langsam anfangen.« Tim hatte alle Hände voll zu tun, langsam und vorsichtig zog er an der Schnur. Und dann plötzlich: »Mann, es geht nicht weiter«, rief Tim laut, »die Schnur lässt sich nicht mehr ziehen. Jetzt ist alles aus, nichts geht mehr. Ich fühle einen Widerstand.« »Henry,

Babsi und ich haben nichts falsch gemacht«, sagte Samson ganz aufgeregt.

»Vielleicht hängt der Handschuh irgendwo fest«, sagte Tim. »Was bewegt sich denn da nicht mehr?« »Ich kann die Schnur nicht weiter mit der Kurbel zurückdrehen, es geht nicht! So kriegen wir James da nicht raus.« »Wie sieht es aus, Babsi, traust du dir zu, da noch mal nachzuschauen?«, fragte Tim. »Aber natürlich, für unseren Freund Sir James mache ich das«, antwortete sie und flog los. Mittlerweile war so viel Zeit vergangen, dass es draußen schon dunkel wurde. Gary saß die ganze Zeit mit im Keller und verfolgte alles. Es war so spannend, dass er vergessen hatte, nach Hause zu gehen.

Während Babsi ins Rohr flog, sagte die Mutter: »Ich weiß gar nicht, wie ihr euch das vorstellt!« »Was meinst du damit, Mama?«, fragte Jenny. »Die ganze Verwandtschaft, all die Freunde von Sir James, der Hofstaat, wer weiß, wer da noch alles zur Beerdigung kommen will. Alle bei uns im Haus oder im Keller - das halte ich nicht aus, wenn hier Hunderte von Mäusen rumlaufen!« »Nun warte doch erst mal ab, eins nach dem andern.« »Ich suche gerade eine geeignete Schachtel oder einem Karton, wo wir James reinlegen können«, sagte Vater, »die hier könnte passen.«

»Du, Gary, musst du nicht nach Hause? Deine Mutter wartet bestimmt schon auf dich.« »Ich kann doch jetzt nicht nach Hause, wo es am spannendsten ist.« »Das hilft nicht, deine Mutter wartet schon. Du kannst morgen wiederkommen.« »Denk dran, Gary, morgen im Kindergarten zu keinem ein Wort. Du hast mir dein Wort gegeben.« »Du kannst dich auf mich verlassen, Tim.« »Jenny, sei so lieb und ruf bitte seine Mutter an, dass sie uns ein Stück entgegenkommt.« »Gute Nacht, alle zusammen«, Gary war sehr traurig, dass er gehen musste. »Warte, Gary, ich bringe dich ein Stück, wir gehen deiner Mutter entgegen.« Traurig ging Gary nach Hause. Auf dem Weg erzählte er seiner Mutter, was er bei Tim erlebt hatte. Natürlich glaubte sie ihm kein einziges Wort davon. Sie sagte: »Ihr habt zu viel Fernsehen geschaut!« »Nein, nein, Mama, das ist alles passiert. Am liebsten möchte ich auch so einen Teddy oder einen Hund, mit dem ich sprechen kann.« »Das ist doch das kleinste Problem, dann spreche doch mit deinem Teddy oder den Stofftieren, du hast doch genug davon.« »Mama, ich meine, so richtig wie in echt sprechen wie du und ich.« »Gary, das gibt es doch nur im Film.« »Mama, ich sehe schon, du glaubst mir nicht. Die Eltern von Tim und Jenny haben es ihnen auch erst nicht geglaubt.« »Sag ich doch, das kann ja auch kein normaler Mensch glauben, so was gibt es nicht.« »Du kannst morgen Tims Mutter fragen.«

»Wenn ihr hier jetzt nicht weiterkommt«, sagte Mama, »mache ich euch etwas zu essen!« »Aber Mama, wir können doch jetzt in dieser Situation nicht ans Essen denken, wir haben gar keinen Hunger.« »Aber wir!«, riefen Teddy, Oskar, Luis,

Püppchen und Samson, »wir könnten schon etwas essen. Ihr habt uns heute Mittag von euren Fritten nichts abgegeben, obwohl ihr es versprochen habt, und heute Morgen der Toast war auch nicht so berauschend.« Mama ging kopfschüttelnd nach oben.

Ganz aufgeregt kam Babsi zurück. »Der Handschuh hängt an einem Nagel fest, da ist schwer dranzukommen, ich bin zu klein und Samson ist zu groß.« Nun waren erst mal alle ratlos, jeder meinte, er hätte eine bessere Idee. Die Mutter brachte einen großen Teller mit belegten Broten und jeder fiel über die Brote her. »Dafür, dass ihr erst keinen Hunger hattet, habt ihr aber ordentlich zu gelangt.« Nachdem sich alle satt gegessen hatten, sagte der Vater: »Wir brauchen eine Pause«. »Super, ich fliege mal an die frische Luft.« Babsi kam, nachdem sie draußen ihre Runden gedreht hatte, schnell zurück. »Sophie fliegt draußen herum und fragt, ob sie helfen kann.« »Babsi, klar doch, das ist die Rettung, schicke sie rein.« »Das ist es, Sophie ist geschickt, die kann helfen, Papa.«

»Wer zum Kuckuck ist Sophie?« »Ach ja, die kennst du noch nicht, die kann erst raus, wenn es dunkel ist. Dann kommt sie immer von allein zu uns. Und wenn es noch zu hell ist, leiht Oskar ihr seine Sonnenbrille.« »Warum?« »Da wirst du gleich staunen, Papa: Sophie ist eine Fledermaus. Komm schnell mit zur Tür nach draußen.« »Hey, Sophie, ich will dir jemanden vorstellen, es ist mein Papa.« »Also du bist Sophie!« »Ja, eh, ich habe keine Angst, die

anderen habe ich bereits kennengelernt. Ich weiß alles und ich helfe euch, Sir James zu beerdigen.«
»Aber dafür müssen wir ihn erst mal haben!«, sagte Tim. »Wo ist denn euer Problem?«, fragte Sophie. Tim und Jenny erzählten von dem Problem.

Sophie erklärte sich gleich bereit zu helfen. Tim sagte: »Komm schnell rein.«»Tim, so geht das nicht«, sagte Sophie. »Warum denn nicht?«»Ja du weißt doch, das Licht im Keller, macht das Licht bitte für einen Moment aus.«»Entschuldige, Sophie, wie konnte ich das vergessen.«»Aber Henry soll mitgehen und mir alles zeigen, danach könnt ihr das Licht wieder anmachen.«

Als die anderen so eifrig beschäftigt waren, ging Oskar schnell nach oben und suchte seine Sonnenbrille. Keiner hatte ihn vermisst, deshalb waren alle erstaunt, als Oskar in den Keller kam. »Schaut mal, was ich hier mitgebracht habe!«»Was denn?«
»Wonach sieht es denn aus?«»Eine Sonnenbrille!«, sagten alle im Chor. »Genau, eine Sonnenbrille.«
»Es ist doch dunkel draußen, spinnst du?«»Schlappi, ihr könnt aber auch blöd fragen. Überlegt mal, wer könnte eine Sonnenbrille jetzt tragen? Na, klingelt es bei euch?«»Die ist für Sophie!«, rief Tim, »ja, meinst du, die kommt klar damit?«»Fragen wir sie!«

Im Nebenrohr hörte man es rascheln, Sophie kämpfte sich durch das Rohr. »Ja ich sehe es, der Waschhandschuh hat sich wirklich an einem Nagel verheddert.« Für Sophie war das eine Kleinigkeit. Sie schob mit ihren Flügeln Sir James zurück und Henry half mit, so wurde der Handschuh wieder frei. Henry rief immer zwischendurch:»Ihr könnt jetzt kurbeln.« Tim hatte wieder alle Hände voll zu tun, Sophie hielt die Wände frei und Tim zog weiter.»Es kann nicht mehr weit sein, denn ich sehe den Haken. Es fehlen nur noch ein paar Zentimeter, aber das Seil ist zu kurz! Macht den Haken ab, das meiste ist schon geschafft, das andere schaffen wir auch noch. Wir schieben ihn das letzte Stück raus.« Samson rief:»Ich kann ihn sehen, es ist nur noch ein kleines Stück.«

»Geschafft! Er ist durch«, Henry freute sich riesig. Papa hatte inzwischen die Kiste hergerichtet. Er zog den Handschuh mit Sir James zu sich herüber und wollte Sir James aus dem Waschhandschuh nehmen.»Nein, nein«, sagte Henry,»bitte mit dem Handschuh, es ist ihm zu kalt, er soll nicht frieren.« »Der ist doch tot, der merkt es nicht mehr«.»Aber trotzdem, Papa, das ist doch ein Sir, der verdient eigentlich etwas Besseres.« Diese Worte erwärmten auch Mamas Herz. Sie sagte:»Wartet einen Moment!« Kurz darauf kam sie mit einer wunderschönen Pralinenschachtel zurück und spendierte noch eins von ihren feinsten Spitzentüchern.»So, jetzt sieht es doch nett aus. Und ich wollte ihn mit einer Zeitung in die Mülltonne werfen, wie grausam von mir. Verzeih mir, Henry, ich meine Sir Henry.«

»Ist schon gut, Frau Buchmann, das alles konnten Sie nicht wissen. Das sieht richtig schick aus, danke.«»Ein bisschen Watte habe ich euch noch mitgebracht, damit er weich liegt.«»Mama, du bist doch die Beste.« Der Vater übernahm jetzt das Kommando. Er zog doch den Waschhandschuh aus, denn Henry hatte den roten Mantel mit den Goldknöpfen vergessen. Sie zogen Sir James den feinen Mantel an, legten ihn in die mit Watte ausgelegte Schachtel und deckten ihn mit dem Spitzentuch zu. Das sah gut aus, ganz edel und genau das Richtige für einen Mäusekönig. Danach verabschiedeten sich alle von Sir James, sie waren alle traurig und es rollten auch ein paar Tränen.

»Wo ist denn Sophie?«, fragte Babsi.»O je, die haben wir ganz vergessen. Sie hilft uns immer so viel und wir vergessen sie schon wieder. Wir müssen das Licht ausmachen.«»Nein, das brauchen wir nicht, wir haben hier etwas für Sophie. Oskar hat seine Sonnenbrille geholt, die müsste ihr passen. Hier, probiere sie mal.«»O super, die passt. Cool, und sehen kann ich auch bei Licht, schön, dass ihr an mich gedacht habt.«»Du kannst dich bei Oskar bedanken, er ist auf die Idee gekommen.«»Vielen Dank, Oskar.«»Liebe Sophie, wir haben zu danken, denn du hast uns wieder einmal sehr geholfen.«

Henry kletterte schnell auf Schlappis Rücken. »Ihr Lieben, hört mir bitte einen kleinen Moment zu! Ich möchte mich bei allen von euch herzlich bedanken. Danke, dass ihr so gut mitgeholfen habt.

Nun legen wir Sir James beiseite und gehen nach oben. Es ist Zeit fürs Bett und morgen sehen wir weiter.«

Die Nachricht von James' Tod verbreitete sich wie ein Lauffeuer auch bis ans andere Ende von England. Nun waren viele Fragen offen. Wann und wo war er gestorben? Wo ist er denn abgeblieben? Wo wohnte er denn zuletzt? Seit der Katastrophe in Windsor Castle damals, als alle fliehen mussten, hatte ihn keiner mehr gesehen. Eine Maus sagte: »Er hat eine neue Heimat in Deutschland gefunden. Sein letzter Aufenthalt war bei einer Familie Buchmann in Köln. Zuerst kümmerten sich die Kinder Tim und Jenny um Sir James und um Sir Henry. Aber als die ganze Sache dann zu anstrengend wurde und sich der Gesundheitszustand von Sir James verschlechterte und sie es nicht mehr verheimlichen konnten, mussten die Kinder die Hilfe der Eltern annehmen. Was anfänglich sehr kompliziert war.«

Nun gelangte die Nachricht auch zum Hofstaat. Da kam noch einmal die Frage auf, warum Sir James überhaupt mitgegangen war. Er war damals schon nicht mehr der Jüngste. »Er wurde von seinem Volk sehr verehrt und geliebt«, sagte die Maus. »Er konnte die doch nicht allein lassen: Er fühlte sich verantwortlich und musste mit ihnen ein neues Zuhause suchen und finden«. »Wo sind die dann alle hin? Ich meine, es waren damals fast an die hundert Mäuse mit ihm gegangen. Und warum sind Henry und er allein bei der Familie geblieben? Da muss noch vieles aufgeklärt werden. Wir haben ihn damals lange gesucht, als König Georg verstorben war. Sir Henry wäre da damals der nächste König geworden. Der Arme ist König und weiß es nicht. Wir müssen ihn nach Hause holen und in dem Familiengrab beisetzen. Wir bekommen gerade die Nachricht, dass eine Familie Buchmann aus Köln die Beerdigung organisiert hat und die Vorbereitungen schon abgeschlossen sind. Die Beerdigung findet nächsten Sonntag so gegen 15 Uhr statt. Da müssen wir natürlich hin! Wen haben wir denn, der die Reise für uns organisieren kann? Da kommt nur eine infrage«, sagte die Maus. »Unsere Ms. Angel, die hat lange in Deutschland gewohnt. Sendet sofort einen Boten, der sie bittet, dieses zu organisieren«.

Der Bote mache sich direkt auf den Weg. Ms. Angel zögerte keine Minute und sagte natürlich gleich zu. Allein schon deshalb, weil sie wieder in ihrer alten Heimat war, übernahm sie die komplette Organisation und reiste direkt nach Deutschland. Als dieses bekannt wurde, versammelten sich Hunderte Mäuse, Vögel, eben alle Freunde, um mit nach Deutschland auf die Beerdigung zu gehen.

Den nächsten Tag machten sich alle auf den Weg nach Deutschland. Erst auf einem Lastwagen, dann ging es weiter mit einem Schiff. In Hamburg am Hafen angekommen, wurden sie schon von Ms. Angel erwartet. Denn in Hamburg war der Sammelplatz für alle, die zur Beerdigung wollten. Dort quasselten sie alle durcheinander und wollten wissen, wie und wo es weitergeht. Ms. Angel bat um Ruhe und versuchte, erst einmal alle Fragen zu beantworten. Angefangen damit, dass sich die beiden Kinder Tim und Jenny um Sir James und Sir Henry gekümmert hatten. Aber als die Sache dann zu heikel wurde und man es nicht mehr verheimlichen konnte, hatten die Kinder die Hilfe der Eltern annehmen müssen. Dabei gab es allerlei Schwierigkeiten.

Aber warum war Sir James überhaupt mitgegangen nach Deutschland? »Weil er sein Volk nicht allein lassen wollte«, sagte Ms. Angel. »Er wurde von seinem Volk geliebt, die ganze Flucht war jedoch zu anstrengend für ihn.« »Wusste er denn nicht, dass König Sir Georg verstorben war und er seine Nachfolge als König hätte antreten müssen?« »Nein, davon wusste er nichts«, sagte Ms. Angel. »O, wie schrecklich«. »Ja, man hat ihn überall gesucht, der gesamte königliche Mäusevorstand suchte ihn. Aber sie haben nur in England nach ihm gesucht. Sie wussten nicht oder sie ahnten nicht, dass er England verlassen hatte. Nun, ihr Lieben«, sagte Ms. Angel, »jetzt geht es weiter mit einem Lastwagen nach Köln. Ich habe alles organisiert und ihr könnt auf dem Weg dorthin etwas schlafen und essen.«

Obwohl sie zwei Tage unterwegs waren, war die Freude doppelt groß, als sie Sir Henry sahen. Sie hatten sich viel zu erzählen, und im Nu war der Keller überfüllt. Alle Besucher passten nicht in Familie Buchmanns Keller, deshalb bekamen sie von Ms. Angel genaueste Anweisungen, in welche Keller sie sich in der Nachbarschaft verteilen sollten. Die Vögel hatten es da ein wenig leichter. Sie fanden Platz in den umliegenden Bäumen und auf den Dächern.

Sir Henry traute seinen Augen nicht. Er konnte es nicht fassen, dass so viele Freunde sich auf den Weg gemacht hatten. In der Menge entdeckte er Sarah, seine erste Liebe aus der Schule. Er ging auf sie zu und strahlte sie an: »Bist du es wirklich?« »Entschuldige mal bitte, wer bist du denn?« »Ich bin es, Henry, wir waren zusammen in der Schule.« »Das kann nicht sein, ich kenne dich nicht.« »Sarah, schau mal richtig hin, ich bin es, der kleine freche Henry, der dir immer an den Zöpfen gezogen hat!« »Meine Güte, hast du dich verändert. Du hast jetzt schon weiße Flecken, Mann, bist du alt geworden.« »Ja, die Flucht hat uns alle älter werden lassen. Für meinen Onkel war das alles zu anstrengend, er ist danach auch schwer krank geworden.« Dann umarmten und freuten sie sich. »Schön, dass du mitgekommen bist, Sahra«. Dann musste er die ganze Geschichte von der Flucht erzählen. Alle, die um die beiden herumstanden, hörten gespannt zu.

Im Keller war es mäuschenstill. »Wir wollten eigentlich deinen Onkel nach Hause holen«, sagte Sarah, »er sollte in das königliche Familiengrab, da er ja nun ein König war.« »Das könnt ihr nicht machen. Die ganze Familie kümmert sich bereits seit mehreren Tagen um die Beerdigung. Das müsst ihr später machen.« »Wir können ihn später nach England überführen.« »Aber Sahra, sag mal, wie habt ihr uns eigentlich gefunden? Und wer hat euch alle hierhergebracht?« »Henry, das wollte ich dir gerade erklären. Darf ich dir unsere Ms. Angel vorstellen, sie hat früher in Köln gelebt und hat für uns alles organisiert.« Ms. Angel sagte zu Sir Henry: »Freust du dich, dass wir alle gekommen sind?« »Ja, es freut mich sehr, damit habe ich gar nicht gerechnet. Ich wäre Ihnen auch sehr dankbar, wenn Sie das Kommando und die Organisation weiterführen, während der ganze Besuch hier ist.« »Aber Sir Henry, das ist mir eine Ehre.« »Dann wäre das ja geklärt«, sagte Henry. »Sir Henry, ich habe nur große Sorge, dass wir die ganze Schar nicht satt bekommen!« »Aber Ms. Angel, das ist kein Problem, vier Häuserblocks weiter zehntes Rohr rechts, dann das zweite links, das führt direkt zum Großmarkt, dort gibt es Essen im Überfluss.« »O, das ist großartig. Habt ihr es alle gehört? Es gibt genug zu essen. Wer Hunger hat: Abmarsch zum Großmarkt.«

»Sir Henry wir haben aber noch ein weiteres Problem«, sagte Ms. Angel. »O, hoffentlich kann ich es lösen.« »Sir, schauen Sie mal auf die Dächer und Bäume und auf die Mauern hier ringsum.« »O mein Gott, das ist ja einiges, so was habe ich ja noch nie gesehen. Wo kommen die alle her?« »Die sind alle aus England mitgekommen, als sie hörten, dass Sir

James gestorben ist, waren die nicht aufzuhalten, alle wollten mit.« »Was essen die dann am liebsten?« »Ich glaube, mit Haferflocken kann man denen alle eine Freude machen«, sagte Ms. Angel. »Diese Organisation übernimmt am besten unsere Sophie, denn wir müssen noch etwas warten, bis die Kinder Tim und Jenny wach werden. Die kommen jeden Morgen, bevor sie zur Schule gehen, immer erst zu uns in den Keller.«

Jeden Morgen wurden Tim und Jenny um kurz vor sieben Uhr geweckt, doch an diesem Tag war es anders. Die beiden waren schon kurz nach sechs Uhr aufgestanden, denn sie hatten jetzt viel zu tun. Zunächst mussten Oskar, Luis, Babsi, Schlappi und Püppchen mit Frühstück versorgt werden, denn die gehörten ja jetzt zur Familie. Als sie damit fertig waren, wollten sie Sir Henry das Frühstück in den Keller bringen.

Als sie in den Keller kamen, gingen die beiden erst mal rückwärts wieder raus. Sie riefen: »Henry, Henry, was ist das, wo kommen die Mäuse alle her?« »Erst mal guten Morgen, Tim und Jenny. Ich werde es euch direkt erklären.« »Das solltest du auch schleunigst machen, da kriegt man ja Angst.« »Vorerst muss ich euch zwei wundervolle Mäuse vorstellen: Ms. Angel hat die ganze Mäuseschar hierhergebracht, jede von ihnen will Sir James das letzte Geleit geben.« »Sie ließen sich aber auch nicht zurückhalten«, sagte Ms. Angel, »ich übernehme dafür die volle Verantwortung.« »Und die nächste Mäusedame ist meine alte Freundin Sarah, wir kennen uns schon seit unserer Schulzeit.« »Na, Freund kann man so nicht sagen, der hat mir immer an meinen Zöpfen gezogen.« »Das freut uns sehr, dass Sie mitgekommen sind. Dann ist unser Sir Henry nicht mehr so allein.« Ms. Angel hakte gleich nach: »Wo wollt ihr denn Sir James begraben?« »An der linken Ecke am Fliederbusch.« »Und wann?« »Am Samstag am späten Nachmittag, unser Vater hilft uns dabei.« »Henry, aber eins kann ich euch jetzt schon sagen: Unsere Mama fällt in Ohnmacht, wenn sie all diese Mäuse sieht.« »Aber Jenny, die tun euch doch nichts.« »Das weiß ich doch auch, aber trotzdem, überall Mäuse ...« »Jenny, erschrick nicht, das ist nur die Hälfte, die andere Hälfte habe ich zum Gemüsehof geschickt, damit sie essen können.« »Henry, wir müssen die Mäuse woanders verstecken!« »Jenny, schau, es sind zu viele, sie sind schon auf die ganze Nachbarschaft verteilt.« »Dann darf Mama nicht mehr in den Keller!«

»Ich muss euch beide noch um etwas Wichtiges bitten: Wir brauchen Futter für die Vögel.« »Für welche Vögel?« »Dann schaut euch mal um!« »Du lieber Gott, sind die alle mitgekommen?« »Jenny, wir brauchen Haferflocken. Kannst du die besorgen? Wir dachten an Sophie, die könnte uns helfen. Aber es ist schon zu hell.« »Ich lasse mir was einfallen«, sagte Jenny und ging mit Tim nach oben. Als die beiden wieder nach oben kamen, mussten sie erst mal tief Luft holen. »Na, ihr beiden, jetzt habt ihr ordentlich Arbeit, bis ihr morgens alle mit Frühstück versorgt habt.« »Mama, das ist im Moment das kleinste Problem. Wir brauchen schnell eine Tüte mit Haferflocken.« »Haferflocken? Darf ich mal fragen, für was ihr Haferflocken benötigt?« »Natürlich, Mama, darfst du fragen. Schau mal nach draußen auf die Mauer und in die Bäume. Dann sagst du uns, was du siehst.«

»Du meine Güte, woher kommen all die Vögel und was wollen die hier?« »Mama, die wollen alle Sir James das letzte Geleit geben. Aber das Schlimmste kommt noch: Unten im Keller sind mindestens viermal so viele Mäuse. Aber keine Angst, Sir Henry, Sarah und Ms. Angel haben alles im Griff.« »Das sind alles Abgesandte vom Königshaus, die übernehmen das Kommando und die Organisation. So, und jetzt brauchen wir aber die Haferflocken.« »Hoffentlich haben wir genug«, sagte Mama. »Ach, Mama, bevor ich es vergesse, dir zu sagen: In den Keller zu gehen wäre jetzt nicht ratsam. Wenn du was brauchst, sag es mir lieber jetzt.«

Kurz darauf kam Jenny mit den Haferflocken zurück und verstreute sie auf dem Hof. Als die Vögel die Haferflocken gegessen hatten, bedankten sie sich mit einem Piepskonzert. Als der Papa nach Hause kam, wurde er schon stürmisch von Tim und Jenny überfallen. »Nun mal langsam, ihr beiden, ich muss doch erst mal ankommen. Lasst mich doch erst einmal meine Jacke ausziehen und dann alles langsam der Reihe nach.« »Aber Papa, der Besuch für die Beerdigung ist schon da.« »Wie, die sind schon alle da, wo denn?« »Geh mal auf den Hof, die ganze Mauer voller Vögel und alle Bäume sind besetzt, ein Vogel schöner als der andere.«

»Und wo sind die Mäuse?«, fragte Papa. »Dann geh mal in den Keller, aber erschrick nicht.« Das war auch für den Vater zu viel. So viele Mäuse auf einem Haufen! Er ging rückwärts wieder aus dem Keller raus. »Puh, puh, da muss ich selbst mal überlegen, wie wir das der Mama sagen.« Sir Henry kam schnell auf ihn zu, um ihn zu beruhigen. »Herr Buchmann, keine Sorge, die machen keinen Ärger. Ms. Angel hat alles im Griff und nach der Beerdigung sind alle wieder weg. Aber ich habe mal eine Frage, Herr Buchmann: Wann und wo soll die Beerdigung stattfinden?« Noch ganz verwirrt vom Anblick der vielen Mäuse und Vögel antwortete Vater: »Ich denke, so gegen 17 Uhr.« »Nein«, sagte Jenny, »das geht nicht, so viele Sonnenbrillen haben wir nicht für die Fledermäuse. Sage lieber 19 Uhr!« »Ist es dann nicht zu dunkel für die Beerdigung?« »Egal«, sagte Jenny, »aber unsere Sophie möchte ja auch dabei sein.« »Gut dann machen wir das.« »Und wo wollt ihr ihn nun begraben?« »Dort drüben unter dem Fliederbusch, Tim hat auch ein kleines Kreuz gebastelt.« »Ich muss aber noch ein kleines Loch ausheben.«

Die Vorbereitungen liefen auf Hochtouren. Tim spendete einen kleinen Wagen und schmückte ihn königlich. Jenny hatte Blumen und Gräser aus dem

Park besorgt. Sarah hatte eine Überraschung: Sie hatte die englische Flagge mitgebracht. Sie stellten die schöne Schachtel mit Sir James auf den Wagen und legten die englische Flagge darüber. Alle angereisten Mäuse hatten schwarze Anzüge und Lackschuhe an. Vater fragte: »Sind alle da? Dann könnten wir mit der Beerdigung beginnen.« Als die Mutter auf den Hof kam, ging sie vor Schreck rückwärts zurück in die Wohnung, hielt sich die Hand vors Gesicht und sagte: »Das glaub ich jetzt nicht, das kann doch nicht wahr sein, das ist ja schrecklich.«

»Doch, es ist wahr, komm raus, das musst du dir ansehen, das solltest du nicht verpassen, so was bekommst du nie mehr zu sehen.« Sechs Mäuse zogen den kleinen Wagen, den Tim gestiftet hatte. Rechts und links Begleiter, dahinter Sir Henry, Sarah, die königlichen Abgesandten, dann reihten sich die Mäuse und die Fledermäuse ein. Als Krönung wurde der Trauerzug von Hunderten Glühwürmchen begleitet, die Vögel flogen langsam und zwitscherten ein schönes Lied.

Von Mama die schöne Schachtel, von Sahra die englische Flagge. Wenn es nicht so ein trauriger Anlass gewesen wäre, hätte man sagen können, es sah schön festlich aus. Oskar, Luis und Babsi saßen auf Schlappis Kopf, sogar Kater Samson durfte dabei sein. Püppchen bekam Angst bei so vielen Mäusen und stellte sich lieber auf die Treppe, wo die Eltern standen. Nun übernahmen die königlichen Abgesandten die Zeremonie und es ging los.

Vater holte schnell seine Kamera. »Mensch, das muss man doch festhalten, das glaubt uns keiner.« Viele Besucher weinten, sogar Papa, Mama Tim und Jenny konnten ihre Tränen nicht zurückhalten. Als der Trauerzug am Fliederbusch ankam, wollte Papa helfen, aber die Fledermäuse winkten ab. »Das machen wir schon, aber danke.« Die Fledermäuse flogen auf und nahmen vorsichtig die Schachtel von dem kleinen Wagen und legten sie in das kleine Loch.

Plötzlich war Totenstille. Alle Mäuse stellten sich im Kreis um das kleine Loch und verneigten sich, und die Vögel fingen an, die englische Nationalhymne zu zwitschern. Sogar die Mama sagte: »Das ist ja ein Erlebnis, dabei hatte ich solche Angst vor den vielen Mäusen. Die verschwinden doch wieder, oder?« »Aber ja, sobald das hier vorbei ist, kehren die alle zurück.« »Ich glaube, Sir Henry wird mitgehen müssen, ich habe da etwas läuten gehört. Ich mache noch schnell ein paar Fotos, die kann Sir Henry dann mit nach England nehmen und als Erinnerung behalten.«

Ein Abgesandter hielt noch kurz eine Ansprache. Im Anschluss verneigten sie sich noch einmal vor Sir James und verabschiedetet sich von ihm. Danach bedankten sie sich bei Familie Buchmann und machten sich direkt wieder auf den Heimweg. Mama, Papa, Jenny, Tim, Luis, Oskar, Püppchen Sophie, Samson und Babsi waren so gerührt und sagten: »Mann, war das eine schöne Beerdigung.« Als sich all die anderen verabschiedeten, kam ein Adjutant des Königshauses aus der Menge hervor und übergab Sir Henry einen Brief mit der Aufforderung, ihn sofort zu öffnen und zu lesen. Natürlich war Sir Henry überrascht. »Wie, für mich?« »Ja, Sir, den müssen Sie bitte sofort lesen.« Henry öffnet den Brief mit zitternden Händen, fing an zu lesen, schüttelte andauernd den Kopf und sagte: »quatsch, das ist Mäusejägerlatein.«

»Henry, was steht drin? Spann uns nicht so auf die Folter, komm, gib den Brief mal her, lass uns auch mal lesen«, sagte Sophie. »O, o, Henry, du, du, du sollst König werden.« »Ich soll König werden? Das kann ich nicht, wie soll das gehen!« Er konnte sich gar nicht freuen, denn damit hat er am allerwenigsten gerechnet. »Sir Henry, ich werde es Ihnen erklären. Ihr Großonkel König Georg von Windsor ist verstorben. Dann wäre Ihr Onkel Sir

James der Nachfolger von König Georg geworden. Der ist aber auch verstorben. Deshalb sind nun Sie, Sir Henry, an der Reihe, König zu werden. Ich bin ab sofort Ihr engster Vertrauter. Meine Aufgabe als Adjutant ist es, Sie, Sir Henry, nach Hause zu holen und Ihre Krönung zu veranlassen.« Sir Henry stand ratlos da und konnte es gar nicht glauben. »Ich soll nun König werden?« Er schüttelte den Kopf. »Das geht doch gar nicht, König werden, den Schatz suchen, eine neue Stadt aufbauen. Ich weiß ja gar nicht, was ich zuerst machen soll. Es ist ein bisschen viel auf einmal. Ich kann ja auch gar nicht zurück, unser Haus von damals ist doch kaputt.«

»Sir Henry, das brauchen Sie nicht alles auf einmal umzusetzen. Sie fahren jetzt erst einmal mit uns nach Hause, werden König, suchen dann den Schatz und bauen für ihr Volk ein neues Zuhause. Alles der Reihe nach, ich bin immer in Ihrer Nähe und helfe Ihnen. Außerdem haben Sie eine Menge Angestellte zur Verfügung. Ms. Angel und Sarah kennen Sie ja schon. Leider müssen auch Sie sich jetzt von Ihren Freunden verabschieden, denn der Transporter wartet nicht. Ihre Freunde können sie jederzeit besuchen.«

Alle waren erschrocken, dass es jetzt so schnell sein sollte, und waren tieftraurig, Jenny und Tim sagten: »Henry, dann musst du wohl nach Hause.« »Dein Zuhause ist doch hier«, rief Schlappi. »Nein, Schlappi sein Zuhause ist in England, er hat jetzt als König eine große Verantwortung und muss sich um sein Volk kümmern. Das hätte sein Onkel James auch so gewollt.« Sophie flog aufgeregt und traurig hin und her, am liebsten wäre sie mitgegangen. »Wir kommen dich auf jeden Fall in England besuchen.«

»Ja, ihr Lieben, so wie es aussieht, muss ich euch verlassen. Es war für mich und Onkel James die zweite Heimat. Es war schön bei euch und ich werde euch alle vermissen«, dann fing er an zu weinen. Natürlich weinten sie alle. Mit schluchzender Stimme sagte Henry: »Ich möchte noch einmal auf Schlappis Ohr, dort war es immer so weich und gemütlich.« Dabei wischte er sich mit seinen kleinen Mäusehändchen die Tränen aus dem Gesicht. Schlappi legte sein Ohr auf den Boden und sagte ein letztes Mal: »Setze dich drauf, ich werde dich vermissen.«

Es war ein Abschied mit vielen Tränen, sogar die Mama und der Papa brauchten ein Taschentuch, um sich die Tränen abzuputzen. Henry sagte: »Bei euch war es wunderbar. Aber hier ist leider nicht meine Heimat, darum heißt es Abschied nehmen. Ich muss meine Aufgabe erfüllen. Aber Sahra, wie kommen wir denn jetzt nach Hause?« »Heute Abend um zehn fährt der letzte Lkw vom Großmarkt nach Hamburg, dann geht es wieder aufs Schiff. Die meisten Mäuse sind schon dort und warten auf uns.« »Die Zeit drängt, wir haben schon halb zehn und es ist noch ein langer Weg bis zum Großmarkt.«

Sir Henry krabbelte von Schlappis Ohr auf den Rücken und rieb mit seinem kleinen Mäusehändchen die Tränen weg. Mit schluchzender Stimme sagte er: »Danke, danke liebe Freunde, dass ihr mich und Sir James bei euch aufgenommen habt, es war eine aufregende und schöne Zeit bei euch.« Sahra drängte. »Henry, komm endlich, der Transporter wartet nicht, wir sind die Letzten.« Schweren Herzens liefen sie davon durch die Rohre bis hin zum Gemüsemarkt. Es blieb auch keine Zeit mehr, um sich noch mal umzudrehen und zu winken. Es war fraglich, ob sie den Transporter überhaupt noch zeitlich erreichten. Sie waren spät dran.

Sie liefen, so schnell sie konnten, durch die Rohre. Es fing zu regnen an und die Rohre wurden nass. Immer wieder verloren sie den Halt und rutschten ab. Henry rief um Hilfe, aber man hörte ihn nicht gleich. Der Abgesandte und Ms. Angel wurden unruhig, sie waren bereits auf dem Wagen. »O mein Gott, wo bleiben die nur, die Zeit läuft uns davon. Ein Transporter ist bereits abgefahren, und wir fahren auch gleich ab.« Da hörten sie Stimmen, konnten aber nicht verstehen, was gesagt wurde, da der Lkw gerade den Motor angelassen hatte. Ms. Angel rief: »Macht schnell, der erste Wagen ist schon losgefahren.« Henry und Sahra liefen, so schnell sie nur konnten. Der Regen wurde stärker. Das Wasser lief durch die Rohre, sie verloren immer wieder den Halt, sie konnten sich nirgend wo festhalten. Henry rief vor Angst um Hilfe. Das zweite Fahrzeug war bereits fertig zur Abfahrt, die

Mäuschen, die bereits auf dem Wagen waren, verhielten sich ganz ruhig, um nicht aufzufallen.

Da plötzlich hörten sie die Rufe. »Seid mal ruhig, seid mal alle leise, ich höre da Hilfeschreie.« Im selben Moment wurde der Transporter gestartet. Nun war alles aus, die beiden schaffen es zeitlich nicht mehr. »Schnell, lasst uns nachschauen, wer da um Hilfe schreit.« »Es sind Henry und Sahra, die können nicht aus dem Rohr, denn es regnet stark und sie rutschen immer wieder ab. Schnell ein Seil, beeilt euch.« Der Motor vom Lkw war bereits gestartet und wollte gerade losfahren. Die Mäuse hatten Angst, dass es ihr neuer König nicht schaffen würde. Der Adjutant hatte zwar ein Seil und versuchte, es Henry zu reichen. Aber die beiden hatten mit den Wassermassen zu kämpfen. »Fangt das Seil, Sir Henry!« Henry konnte kaum sprechen, denn er kämpfte mit den Wassermassen. »Wie soll ich das machen? Ich kann mich kaum festhalten.« »Sie müssen es versuchen!« Dann heulte der Motor auf.

»O nein«, schrien die Mäuse, »jetzt ist alles aus.« Sie hatten Angst, dass Sarah und Henry es nicht schafften, sie kämpften mit den Wassermassen und kamen nicht einen Schritt voran. Dann plötzlich konnte Henry endlich das Seil packen und wickelte es schnell um seinen Körper. Er sagte zu Sahra: »Halte dich an meinem Schwänzchen fest. Nun kannst du dich dafür rächen, dass ich dir in der Schule immer an den Zöpfen gezogen habe.« »Henry, das ist nicht der richtige Augenblick, sich darüber lustig zu machen, wir haben ganz andere Sorgen, oder?«

Alle Mäuse auf dem Wagen riefen »Nein, bitte, bitte, bitte, lieber Gott, lass den beiden nichts passieren, die müssen es schaffen.« Die Rettung nahte, ein Angestellter kam hektisch aus dem Büro zum Fahrer gelaufen. »Stopp, ihr habt die Papiere vergessen.« »O danke, ohne die Papiere hätten wir an der Grenze und am Zoll großen Ärger bekommen. Du hast was gut bei mir. Wenn ich wieder nach Deutschland komme, bringe ich dir etwas Schönes mit.« »Ja, dann bin ich mal gespannt, nun gute Fahrt.«

Dieser kleine Aufenthalt rettete den beiden Mäusen das Leben. Der Adjutant und die anderen Mäuse schafften es, mit dem Seil beide aus dem Rohr zu ziehen. Sarah rutschte wieder dabei ab, konnte mit ihrem Mund nach dem Seil schnappen, hatte aber keine Kraft mehr. »Jetzt zieht schnell das Seil hoch.« Dann gab es einen fürchterlichen Ruck und der Transporter fuhr los.

Mit Wucht wurde Sarah aus dem Rohr gezogen. Sie knallte mit dem Kopf an die Ladeklappe und hing ohnmächtig am Seil. »Halte durch, Sarah, wir haben dich gleich.« Henry fasste seinen ganzen Mut zusammen, kletterte aus dem Wagen runter an das Seil und hielt Sahra fest. »Nun zieht uns schnell hoch. Gott sei Dank, wir haben es geschafft!« Sie legten Sarah vorsichtig hin. »Was ist mit ihr?«, erkundigte sich Ms. Angel. »Sie ist immer noch ohnmächtig.« »Haben wir einen Arzt dabei?« »Ja, er steht schon hier bereit.«

Die Reise nach England

Der Arzt sagte: »Ich schaue mir das mal genauer an. Sie hat eine Platzwunde und wahrscheinlich auch eine kleine Gehirnerschütterung. Ich verbinde jetzt die Platzwunde, danach legen wir sie dort hinten ins trockene Stroh, da kann sie sich besser erholen.«

Sir Henry erholte sich schnell. Als er sich umschaute, erblickte er alte Gesichter. »Ach nee, wen sehe ich denn da? Die ganze Schar, die abgehauen ist, als wir hier in Köln ankamen. Ihr habt mich mit dem schwachen Onkel James und der verwundeten Sophie allein gelassen. Vor allem Sophie brauchte damals eure Hilfe. Sie hat uns auf dem Schiff mehrmals den Hintern gerettet, uns mit Essen versorgt, und ihr seid einfach alle.« »Ja«, meldete sich eine Maus von großer Statur. »Henry, du hast ja recht, es tut uns auch leid. Verzeih uns, wir alle hatten es nicht so gut wie ihr.« »Was meinst du damit?« »Ihr wurdet von Tim und Jenny gut aufgenommen. Wir hatten nicht so eine schöne Unterkunft. Einige waren in einer Bäckerei, da wurden wir verjagt, es wurden Mausefallen aufgestellt. Dann waren einige im Supermarkt, da war es auch nicht besser. Am schlimmsten war es in der Metzgerei. Die hatten alles verrammelt, da kam keiner irgendwo durch. Nirgendwo durften wir bleiben, wir hatten es sehr schwer und sind froh, dass wir wieder nach Hause können. Außerdem hatten wir euch lange gesucht, als wir erfahren hatten, dass König Georg verstorben war. Gott sei Dank haben wir euch ja jetzt gefunden.« »Ich verzeihe euch, als neuer König muss ich auch gnädig sein. Ihr habt es ja gerade wieder gutgemacht, Sahra und mich gerettet. Jetzt kümmert euch bitte um die kleinen Mäuse.« »Ja, Sir Henry, das machen wir gerne.«

Dann suchte er sich neben Sahra ein ruhiges Plätzchen, um den Brief, den er von seinem Onkel James bekommen hatte, zu lesen. Ganz vorsichtig schaute er nach seinem Täschchen und drehte sich nach allen Seiten um, ob er nicht beobachtet würde, und fing an zu lesen.

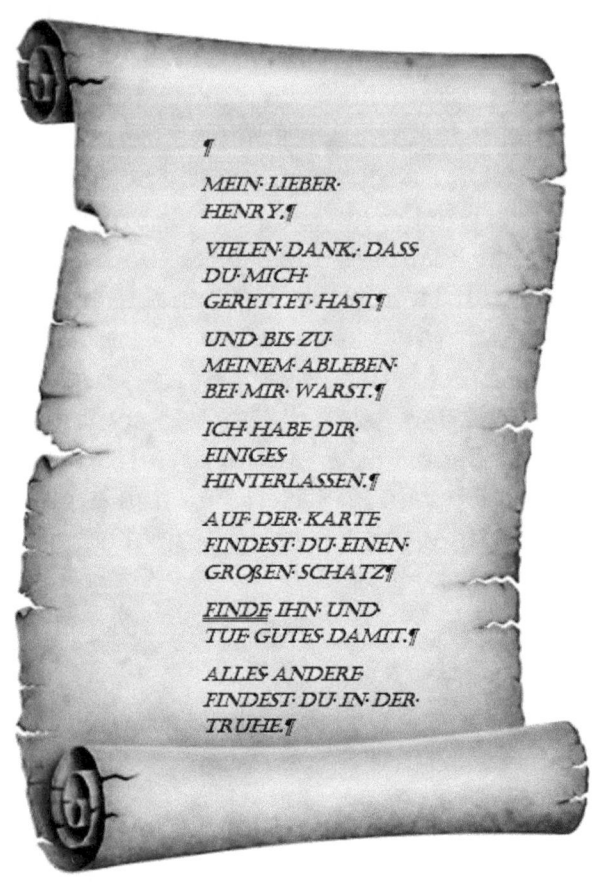

¶

MEIN· LIEBER·
HENRY.¶

VIELEN· DANK,· DASS·
DU· MICH·
GERETTET· HAST¶

UND· BIS· ZU·
MEINEM· ABLEBEN·
BEI· MIR· WARST.¶

ICH· HABE· DIR·
EINIGES·
HINTERLASSEN.¶

AUF· DER· KARTE·
FINDEST· DU· EINEN·
GROßEN· SCHATZ¶

FINDE· IHN· UND·
TUE· GUTES· DAMIT.¶

ALLES· ANDERE·
FINDEST· DU· IN· DER·
TRUHE.¶

Als die kleine Sahra wach wurde, fragte sie: »Was liest du da?« »Ach, nichts Besonderes«, sagte er und steckte den Brief schnell weg in die Tasche. »Wie geht es dir, Sahra? Du hast uns einen großen Schrecken eingejagt.« »Was ist denn passiert?«, fragte Sarah. »Du bist mit dem Kopf an die Ladeklappe geknallt und warst ohnmächtig. Ich bin dann zu dir runter und habe dich festgehalten. Dann haben uns die anderen Mäuse mit vereinten Kräften hochgezogen. Wir haben es so gerade geschafft, den Transporter noch zu erwischen.« »Na ja, jetzt weiß ich auch, warum ich Kopfschmerzen habe. Kannst du mir bitte etwas zu trinken besorgen?« »Aber ja doch.« In diesem Moment fuhr das Fahrzeug auf einen Parkplatz, bremste und blieb stehen.

»Warum halten wir hier?«, fragte Henry. »Ich muss mal nachschauen«, sagt der Adjutant und kletterte über die Reifen. Die anderen Mäuse schauten durch die Plane. »O, die Fahrer machen nur eine kleine Kaffeepause. Die hätten wir jetzt auch gerne, einen Kaffee und ein leckeres Stück Kuchen.« »Das bekommt ihr alle, wenn wir wieder zu Hause sind«, sagte der Adjutant. Die Fahrer unterhielten sich sehr laut, sodass sie alles verstehen konnten. »Wir müssen in Dortmund auf einen Ponyhof, dort wird der Wagen gesäubert und mit frischem Stroh beladen, dann nehmen wir zwölf Ponys mit nach England.« Die Mäuse bekamen Panik. »Hoffentlich sind die Pferde nicht zu wild und trampeln uns tot.« »Hört auf zu jammern, wir haben ganz andere Sorgen. Wir müssen uns schnell etwas einfallen lassen.« »Wieso sollen wir uns etwas einfallen lassen?« »Hast du nicht gehört, der Wagen wird gesäubert und mit frischem Stroh ausgelegt. Wir müssen überlegen, wie wir unbeschadet vom Wagen runter und wieder rauf kommen, ohne bemerkt zu werden.«

Sir Henry bat ums Wort und sagte:»Wir haben schon einiges überstanden und alles mit sehr viel Anstrengungen geschafft. Das schaffen wir auch noch. Außerdem habe ich einen Plan, dafür brauche vier starke Mäuse, die bei der Ankunft auf dem Pferdehof in verschiedene Richtungen laufen und auskundschaften, wo wir uns verstecken können. Das muss allerdings schnell und leise gehen und auch mit ein bisschen Disziplin. Habt ihr das verstanden?«»Ja, ja«, sagten alle mit leiser Stimme. »Also, geht doch!«, sagte Henri und zupfte sich an seinem kleinen Bart. Der Adjutant sagte gleich zu Henry:»Sir, das haben Sie gut gemacht, denn Sie müssen sich daran gewöhnen, als König Anweisungen zu geben.«

Als sie auf den Hof fuhren, hörten sie schon das laute Getrampel der Pferde, richtig unheimlich. Sir Edward schaute durch die Plane.»Oh es sind mindestens zwanzig Leute da, also Mäuse, seid leise! In Vierergruppen aufstellen, jetzt die vier großen Mäuse zuerst durch die Plane runter über die Reifen auf den Hof. Wenn ich jetzt ein Kommando gebe, lauft ihr los. Und los gehts!« Als sie auf die Reifen sprangen, jammerten sie laut auf.»O, nein die Reifen sind von der Fahrt zu heiß, wir müssen warten, bis die abgekühlt sind.«»Dafür ist keine Zeit.« Die Ladeklappe ging auf.»O je, jetzt geht es uns an den Kragen.«

Vier starke Männer mit großen Besen in einer Hand und einem Wasserschlauch in der anderen

Hand kamen auf sie zu. Zum Glück zündeten sich die Männer noch eine Zigarette an. Zeitgleich erhielt Sir Edward ein Zeichen von den vier Mäusen: »Die Luft ist rein!« »So, aufgepasst, steht ihr alle in einer Reihe? Auf mein Kommando springt ihr alle raus, dann über die Reifen, auch wenn die noch warm sind. Es gilt, keine Zeit zu verlieren.« Als Sir Edward als Letzter den Wagen verlassen wollte, kam doch tatsächlich eine Maus zurück und sagte: »Ich habe meinen Käse und meinen Speck vergessen.« »Das glaub ich jetzt nicht, es ist dafür zu spät.«

Im gleichen Moment ging die Ladeklappe auf. Vor ihnen stand ein großer Mann mit einem Wasserschlauch und in der anderen Hand einen großen Besen. »Nun ist alles aus. Müssen wir jetzt sterben?«, rief die Maus. »Nein, aber du bist schuld, dass wir hier ein paar Schwierigkeiten haben, nur weil du so verfressen bist.« Da wurden beide von einem kräftigen Wasserstrahl getroffen und lagen benommen in der Ecke. Schon kam der nächste Wasserstrahl, der war so stark, dass die beiden mit voller Wucht an die Wand knallten. Sie lagen ganz benommen und regungslos da. »O je, da kommt der große Besen, es tut mir sehr leid«, jammerte das kleine Mäuschen. »Es tut mir leid, wir sprechen uns später«, sagte Sir Edward und schwupps lagen sie auf dem Hof.

Zum Glück war etwas Stroh auf dem Boden, so konnten sie sich verstecken und erst einmal Luft holen. Sir Henry hat das Ganze beobachtet und lief schnell rüber, um den beiden zu helfen. »Was war das denn jetzt gerade?« »Das erzähle ich später.« »Habt ihr einen guten Platz gefunden?« »Der Platz ist sogar sehr gut, wir können uns alle satt essen und trinken, bevor es weitergeht. Die Ponys wurden für die lange Fahrt gefüttert, dabei fiel für uns jede Menge ab. Übrigens hatten die Mäuse auf dem anderen Lkw die gleiche Idee wie wir. Bei denen ist auch alles gut gegangen.« »Nun, seid ihr alle wieder startklar, wenn es gleich weitergeht?«

Inzwischen wurden die Ladeflächen bereits mit Stroh beladen. »Mein Plan ist: Bevor die Pferde verladen werden, müssen wir schon auf dem Wagen sein.« »Hoffentlich trampeln die uns nicht tot.« »Sir Henry, ich weiß nicht, ob das eine gute Idee ist. Die Ladefläche ist zwar schon gereinigt und mit frischem Stroh beladen ...« »Wie können wir es anders machen? Vor den Ponys auf den Wagen oder später?« »Ich glaube, vorher ist besser. So können wir uns im Stroh besser verstecken.« Als die anderen Mäuse das mitbekamen, fing der ein oder andere schon wieder an zu jammern. »Hoffentlich trampeln die uns nicht tot.« Sarah sprach ein Machtwort: »Keine Sorge, die Ponys laufen nicht so rum, die haben eine Begrenzung und es werden noch Futtertröge aufgestellt.«

»Ach so, dann kann uns ja nichts passieren.« »Wir müssen nur schnell sein, macht euch bereit. Stellt euch schon mal wieder in Vierergruppen auf, die vier Großen zuerst und die Kleinen direkt dahinter. Jeder hat sich an die Anweisungen zu halten. Wer nicht zuhört oder aus der Reihe tanzt, bleibt allein hier zurück.«

»Los, und leise schnell auf den Wagen. Und behaltet die Nerven. Ich muss leider so hart mit denen sprechen«, sagte Sir Edward zu Sir Henry, »damit auch alles reibungslos funktioniert.« Blitzschnell liefen die ersten vier los, über die Reifen, dann die Kleinsten wie besprochen hinterher. Im Hintergrund hörte man schon die Pferde antraben. Alle Mäuse hatten jetzt natürlich Angst, sie verkrochen sich ins Stroh und bibberten. Sir Edward fragte: »Sind alle auf dem Wagen?« »Ja«, sagte die Maus Sahra, die alle Mäuse immer zusammenhielt.

Es wurde laut, die Ponys wurden auf die Wagen verfrachtet. Alle Mäuse hielte sich an ihren kleinen Pfötchen fest, einige weinten vor Angst. Andere waren neugierig und schauten, was nun passierte. Als ein Mann die Ladeluke schließen wollte, rief einer der Männer: »Stopp, stopp, stopp, ihr braucht noch Wasser. Die Wasserträge müssen noch gefüllt werden, damit die Pferde nicht verdursten, denn ihr seid mindestens zehn bis zwölf Stunden unterwegs.« Der Bauer kletterte auf den Wagen und füllte mit dem Schlauch die Wasserbehälter. Dabei stand er mit seinem großen Stiefel mitten im Stroh und die Mäuse wurden nass. Sir Edward gab ein Zeichen:»Ruhe, es ist gleich vorbei.«Der Bauer verließ die Ladefläche, machte die Klappe hoch und übergab dem Fahrer die passenden Papiere.

»Wohin werden die Pferde gebracht?«»Auf einen Reiterhof in England in der Nähe von Schloss Windsor. Die vollständige Adresse steht auf den Papieren.«»Ihr habt doch sicher auch schon ein Navi? Fahrt ihr mit der Fähre oder fahrt ihr durch den Tunnel?«»Wir fahren durch den Tunnel, das ist besser für die Pferde.«»Nun gute Fahrt!« Endlich ging es los. Die Pferde waren unruhig und die Mäuse waren nass. Es war ihnen kalt und es war eine lange Fahrt. Während der Fahrt bemerkten die Pferde, dass sie nicht allein im Wagen waren. Sie wurden unruhig, hatten gepieselt und ihr großes Geschäft gemacht. Es stank und es war nass, aber die Mäuse verhielten sich ganz ruhig, obwohl es unangenehm roch.

Hin und wieder tauschten die Mäuse mal die Plätze. Das sah auch ein Pony.»Hey, wo kommst du denn her?« Husch, weg war die Maus. Sir Edward trat hervor.»Das ist eine lange Geschichte, ich hole meine Brüder und Schwestern wieder nach Hause. Wir haben sogar unseren neuen König wiedergefunden, der wird nächsten Monat gekrönt.« Das Pony sagte:»O, das klingt ja sehr aufregend. Erzähle uns doch deine Geschichte, wir haben Zeit und hören dir gerne zu.«

So begann Sir Edward, die Geschichte zu erzählen. Es war mäuschenstill, alle hörten gespannt zu, keiner merkte, dass die Zeit wie im Flug verging. Auf einmal stoppte der Wagen.»Was ist los?«, fragten alle. In dem Moment wurde die Klappe geöffnet. Der Fahrer merkte an:»O je, das ist aber kein guter Duft hier auf dem Wagen. Ist nicht so schlimm, ich muss sowieso gleich den ganzen Wagen sauber machen, die Ladefläche auskehren und ausspritzen.«

»Habt ihr das gehört?«, sagte Sir Edward.»Wir müssen vorher runter, ich möchte nicht mehr von dem starken Wasserstrahl an die Wand gespült werden.« Eines der Ponys fragte:»Wo wollt ihr denn hin?«»In die Nähe von Schloss Windsor«, sagte Sir Edward.»Das ist gar nicht weit von uns entfernt, da könnten wir uns gegenseitig besuchen.« Das große Pony Boro sagte:»Ich kann schon die Fahnen von Schloss Windsor wehen sehen, es ist nicht mehr weit.«»Wir können von hier unten nichts sehen.« »Dann klettert schnell auf mich drauf. Na, seht ihr was?«»Ja, Sir Edward, ja, Sir, o ja, wir sehen unsere Heimat, wie schön.«

Sir Edward sagte mit ernster Stimme:»Wir müssen uns im Klaren sein, dass es wieder ganz schnell gehen muss. Wir warten, bis die Ponys abgeladen sind, dann huschen wir schnell über die Reifen, verteilen uns erst einmal und treffen uns dann, hinter dem großen Busch auf der linken Seite.« Eine kleine Maus fragte:»Boro, wo müsst ihr denn hin?«»Wir kommen ganz in eure Nähe, wir sind was Besonderes und kommen auf das Gestüt des Königs.« Sir Edward mahnte:»Nun komm endlich!«»Ja, ja, ich wollte mich doch nur von Boro verabschieden.«»Dann verabschiedet euch von euren Freunden, dann wie gehabt in Viererreihen aufstellen. Auch wenn euch die Reifen zu heiß sind: Macht schnell und lauft los bis hinter den Busch.« Die Reifen waren doch wieder sehr heiß, aber keiner traute sich zu jammern, alle wussten:»Wir sind bald zu Hause.«

»Sind alle Mäuse versammelt und habt ihr es auch verstanden?« Sarah antwortete:»Ja, ich habe alle durchgezählt, es müssten nun alle da sein.«»So, ihr Lieben«, sagte Sir Edward,»bis hier haben wir es gut geschafft. Es liegt aber noch ein längerer Fußmarsch vor uns.« Ms. Angel übernahm die Organisation und das Kommando, weil sie sich in England am besten auskannte.»Also gebt Acht auf die Kleinen, nehmt sie in die Mitte, damit sie nicht verloren gehen.« Es ging bergauf, Berg runter, durch Sträucher, dickes Laub. Nun kam etwas, womit sie nicht gerechnet hatten, etwas Unüberwindliches: ein kleiner Fluss, der hatte Hochwasser, dadurch war die Strömung besonders stark.

»O weh, da kommen wir nicht rüber«, sagte Ms. Angel,»der Umweg ist zu weit, wir sind alle zu müde.«»Durst haben wir auch«, sagte eine Maus. »Ja, dann nehmt euch doch schon mal einen Schluck Wasser aus dem Fluss«, sagte Ms. Angel.»Sie haben gut reden«, sagte die kleine Maus,»wir könnten da schnell reinfallen und von der Strömung mitgerissen werden.«

»Das stimmt«, sagte Ms. Angel, »darüber habe ich jetzt gar nicht nachgedacht.«»Wir könnten ein großes Blumenblatt nehmen, es etwas einknicken und dann könnten wir alle daraus trinken.«»Das ist keine gute Idee, wer soll das Blumenblatt dann halten? Wir rutschen dabei ab und fallen ins Wasser.« Das war wohl keine gute Idee.»Wir überlegen uns in der Zwischenzeit, wie wir den Fluss überqueren können. Wer hat denn einen Vorschlag?«»Du, Henry, du als unser neuer König müsstest eine Lösung finden.«»Ich habe mir schon Gedanken gemacht. Wir könnten eine Brücke bauen. Hier liegen genügend Äste, Zweige und Holz herum, da lässt sich bestimmt was draus machen.«»Das ist doch mal eine gute Idee.«

Und wieder übernahm Ms. Angel die Organisation. Mit vollem Einsatz ging es voran, die größeren Mäuse versuchten, die großen Stämme und Zweige aneinanderzulegen. Die aber rutschten ab und fielen ins Wasser. Sie mussten sich dann mühevoll an den kleinen Ästen immer wieder ans Land kämpfen. Die Strömung war einfach zu stark und die Mäuse waren von dem langen Weg erschöpft. Immer wieder mussten sie von vorne anfangen. Es wollte einfach, nicht klappen, die Mäuse hatten keine Lust mehr und wurden wütend.

»Wir suchen uns am Fluss eine andere Stelle aus, die schmaler ist und wo weniger Strömung ist.« Als sie eine schmalere Stelle gefunden hatten, bauten sie erneut. Dabei wurden sie von zwei grinsenden Bibern beobachtet. Der eine sagte: »Das schaffen die nie, weil die Strömung zu stark ist. Schau mal, da drüben auf der anderen Seite sitzen zwei Wasserratten, die lachen sich halb tot. Ich kann das nicht mehr mit ansehen. Komm, wir bieten unsere Hilfe an.« »Können wir euch helfen?«, riefen sie rüber. »Ja!«, riefen alle Mäuse im Chor. »Ja, bitte«, sagte Sir Henry und war erleichtert. »Allein würden wir das nie schaffen, eine Brücke zu bauen. Wir nehmen eure Hilfe gerne an.«

In Windeseile bauten die Biber eine Brücke, die Mäuse konnten nur noch staunen. »So, die Brücke ist nun fertig. Ihr müsst euch beeilen, denn auch unsere Brücke hält nicht lange. Wie ihr seht, ist durch die Brücke und den Stau die Strömung noch stärker geworden. Wir bleiben bei euch, bis ihr es alle auf die andere Seite geschafft habt.« Sir Edward rief: »Nun los, schnell, wie immer die Kleinen in die Mitte.« Sir Henry und Sarah waren die Letzten. Es kam, wie es kommen musste: Die gebaute Brücke fiel auseinander, Sir Henry stand nur noch auf einem kleinen Ast und wurde mit voller Wucht abgetrieben. Alle Mäuse erschraken und riefen! »Hilfe, Hilfe, unser König ertrinkt.«

Sir Henry behielt die Nerven, verhielt sich ganz ruhig und überlegte, was er machen könnte. Die Rettung nahte blitzschnell: Es kam die Wasserratte vom anderen Ufer angeschwommen und sagte: »Spring auf meinen Rücken.« »Schön«, sagte Henry, »ich bin doch keine Springmaus. Wie soll das gehen?« Dann kam die Wasserratte etwas näher und hielt ihren Schwanz Henry entgegen. »Den Rest musst du schon allein machen. Als zukünftiger König solltest du schon mehr Mut zeigen. Was sollen denn deine Leute denken? Du bist doch kein Feigling.«

Das ließ Henry sich nicht zweimal sagen, nahm seinen ganzen Mut und seine ganze Kraft zusammen, hielt sich am Schwanz der Ratte fest und sprang auf ihren Rücken. Geschafft!, dachte Henry. »Na, mein König, das war wohl eine miserable Landung.«»Du hast recht, ein bisschen Angst hatte ich schon, dass ich ins Wasser fallen könnte, die starke Strömung hätte mich direkt abgetrieben. Danke, dass du im richtigen Augenblick da warst.« Dann brachte die Wasserratte ihn sicher ans andere Ufer, wo alle auf ihn warteten.

Sir Henry bedankte sich. »In drei Wochen werde ich zum König gekrönt, als kleines Dankeschön möchte ich alle dazu einladen, die uns geholfen haben.«»Wir kommen gerne«, riefen die Biber und die Wasserratten. Dann wünschten sie den Mäusen noch eine gute Heimreise. Ms. Angel war noch ganz aufgeregt und sagte zu Henry: »Gott sei Dank, dass alles gut ausgegangen ist. Ich darf gar nicht daran denken, was passiert wäre, wenn die uns nicht geholfen hätten. Nun ist es nicht mehr weit, nur noch ein paar Hundert Meter. Dann gibt es ein heißes Bad, genug zu essen und trinken für alle. Das haben wir uns auch verdient«. Danach drehten sich alle kurz noch einmal um, winkten sich ein letztes Mal zu und mussten mit ansehen, wie die ganze Brücke durch die Strömung auseinanderfiel.

»Mann, o Mann«, sagte Sir Edward, »die letzten Meter ziehen sich aber.«»Jetzt nur nicht schlappmachen«, sagte Ms. Angel, »wir sind gleich da.« Bei den letzten paar Metern gab es kein Halten mehr, sie rannten einfach los. Die Truppe war alles andere als leise, man konnte sie schon von Weitem hören. Jeder wollte der Erste sein. Du meine Güte, was war das eine stürmische Begrüßung, jeder fing an, alles zu erzählen. Ms. Mary sagte: »Ich kann mir vorstellen, dass es viel zu erzählen gibt. Aber kommt doch erst alle mal rein und setzt euch. Ihr müsst doch ausgehungert sein. Wir haben viel Zeit und können später erzählen.« Der Tisch war liebevoll gedeckt, es hatten zwar nicht alle einen Platz, es funktioniert trotzdem. Beim Essen vergaßen alle die Zeit und wurden sehr müde.

Sir Henry erzählte von der Familie aus Deutschland, von der Rettung mit Oskar, Luis, Babsi, Sophie und nicht zuletzt Schlappi. »Er hatte die größte Verantwortung. Die Kinder Jenny und Tim hatten uns im Keller versteckt und versorgten uns mit allem, was wir brauchten. Uns fehlte es an nichts. Als James, ich meine König James, verstorben war, hat die ganze Familie Sir James, ich meine König James, eine wunderbare Beerdigung bereitet. Es waren sogar Hunderte von Glühwürmchen dabei, es liefen auch ein paar Tränen.«

»Das sind schöne Geschichten«, sagte Ms. Mary. »Ihr müsst mir alles genau erzählen, ich will alles wissen. Die Familie Buchmann sollten wir unbedingt einladen, bei deiner Krönung dabei zu sein, denn ohne die wärst du nicht mehr da.« »Ihr habt recht, ich werde die Familie einladen.« »Schön«, sagten die anderen Mäuse, »wie soll das gehen? In drei Wochen ist die Krönung, das schaffen wir nicht.« Sir Henrys neuer Adjutant sagte: »Es ist noch Zeit genug. Geht erst mal in eure Häuser und schlaft euch mal so richtig aus. Morgen sehen wir weiter.« Die großen Mädels räumten das Geschirr von dem schön geschmückten Tisch ab. »Den Rest machen wir schon«, sagte Ms. Mary, »ihr seid doch müde von der langen Reise.«

Am nächsten Morgen trat der Hofstaat zusammen und berichtete von dem Vorschlag, dass die Familie aus dem Rheinland eingeladen werden sollte. »Im Grunde haben wir nichts dagegen. Aber wo sollen wir die alle unterbringen? Wir haben da keine großen Möglichkeiten.« »Habt ihr vergessen, was die Familie alles getan hat? Außerdem hat König Georg einen Hubschrauber für sechs Personen.« Sir Edward musste laut lachen, »ja für Mäuse.« Sir Henry sagte: »Eine gute Idee. Wer kann den fliegen? Was ist mit dem Piloten von König Georg?« »Der ist im Ruhestand. Ich wüsste jemand, der den Hubschrauber fliegen kann.« »Sag schon, spann uns nicht auf die Folter«. »Eine kleine Person, sie heißt Sahra.« »Wie, die hat den Pilotenschein? Das wussten wir gar nicht.« »Das ist doch die Tochter des Piloten, na, wenn die es nicht kann.« »Super, dann macht den Hubschrauber klar, wir fliegen gleich los.«

»Aber Sir Henry, das geht auf keinen Fall. Sie können hier jetzt nicht mehr weg, wir müssen uns um viele anderen Dinge kümmern: die Unterbringung der Familie aus Deutschland, den ganzen Ablauf der Krönung, die Kirche schmücken. Es ist sehr viel zu tun, Sir Henry, auch für Sie wird sich vieles verändern. Wir müssen Sie in alle Geschäfte und königlichen Aufgaben einführen, das geht nicht alles so schnell. Ich kümmere mich persönlich um die Einladung von Familie Buchmann.« Auch Sir Henry musste sich jetzt fügen.»Wir finden schon eine andere Lösung.«

Bei Familie Buchmann

Samstagmorgen bei Familie Buchmann. Tim und Jenny starrten auf ihren Teller, spielten mehr mit ihren Brötchen als sie zu essen. »Was ist los?«, fragte Mama. »Och nichts, Mama.« Da ging die Tür auf, muffelig und schlecht gelaunt spazierten Oskar, Luis, Püppchen und Schlappi mit Babsi auf dem Rücken in die Küche. Sie setzten sich auf die Bank und sahen sich traurig um. »Was ist los mit euch?« »Wir sind traurig, weil alle weg sind.« »Ich bin froh, jetzt kehrt endlich Ruhe ein.« »Ja, und du wolltest James beziehungsweise König James in die Mülltonne schmeißen. Mir wird heute noch gruselig bei dem Gedanken.« »Das tut mir leid, Jenny, aber normalerweise werden Mäuse mit Mäusefallen gefangen, denn die Mäuse fressen alles an und übertragen Krankheiten. Außerdem wusste ich damals noch nicht, dass es eine königliche Maus war.«

»Seid nicht traurig. Sir Henry hat euch doch versprochen, dass er euch besuchen will, wenn er all seine Aufgaben erledigt. Ich glaube, auch er wird sicher viel und oft an euch denken. Schaut mal, ich habe extra frische Brötchen geholt.« »Wir können nichts essen, Mama, versteh das doch.« »Na gut, machen wir einen Kompromiss: Ihr frühstückt und heute Nachmittag gehen wir in den Park. Vielleicht geht heute auch der Papa mal mit.« »Na gut, dann essen wir schnell unsere Brötchen.« Schlappi wollte auch mit auf die Bank, Babsi flog natürlich wieder wie eine irre durch die Gegend, bremste kurz stark, sonst wäre sie wieder im Quark gelandet.

Dann hauten sie alle kräftig rein, und verschlangen mehrere Brötchen »Dafür, dass ihr keinen Hunger hattet, habt ihr aber kräftig zu geschlagen,« sagte Mama. Der Papa ging am Nachmittag tatsächlich mit in den Park. Tim und Jenny freuten sich so sehr darüber, denn der Papa musste immer früh aufstehen und schlief meistens kurz am Nachmittag. Es kam also selten vor, dass er mit der ganzen Familie in den Park gehen konnte. Umso größer war die Freude und sie hatten alle viel Spaß.

Kaum waren sie zu Hause, ließen sie wieder die Köpfe hängen. Der Vater versuchte, sie aufzumuntern. »Überlegt mal, eure Maus wird ein König, und ihr, ihr alle habt ihn gerettet, habt euer Bestes gegeben, habt einen neuen Freund gewonnen. Glaubt mir, der vergisst euch mit Sicherheit nicht, der wird sich schon melden. Gebt ihm ein bisschen Zeit.« Betrübt gingen sie ins Kinderzimmer, so richtig spielen wollten sie nicht und erzählten bis spät in den Abend.

»Meine Güte«, sagte der Vater, »das hat sie aber alle sehr mitgenommen. Das hätte ich nicht gedacht. Auch ich merke, dass uns was fehlt. Es ist doch sonderbar, dass uns mal eine Maus so aus dem Häuschen bringt.«

Eine Woche später – es saßen wieder alle beim Frühstück – da hörten sie ein komisches Geräusch: Ratter, ratter, ratter, ratter, dann ein Rums. »Was war das denn? Das muss von draußen kommen, vielleicht ein Unfall.« Mama lief schnell ins Treppenhaus. »Vielleicht ist jemand die Treppe runtergefallen.« Aber da war nichts. »Dann schaut mal in den Hof, vielleicht sind ein paar Blumentöpfe umgefallen.« Jenny öffnete die Hoftür und rief: »Mama, Mama, schnell, das musst du dir ansehen. Da hat jemand mit seinem ferngesteuerten Hubschrauber eine Bruchlandung hingelegt.« Das Geratter hörte auf. Es öffnete sich die Tür des Hubschraubers, eine Leiter wurde ausgefahren, mehrere Mäuse stiegen aus, gingen die Treppe runter und sagten: »Guten Tag, Tim, guten Tag, Jenny. Tim, kennst du mich nicht mehr?«

Beide standen mit offenem Mund da. »Ich bin es, Sahra.« Inzwischen waren bereits alle auf den Hof gekommen und neugierig. »Mit wem sprechen die da draußen?« Im Nu standen auch die neugierigen Nachbarstiere auf der Mauer. Das sah man ja auch nicht alle Tage. Schlappi lief als Erster zu Sahra, denn er hatte sie gleich erkannt, legte sein Ohr auf den Boden und sagte: »Steig auf. Aber was, um Himmels Willen, willst du hier?« »Lasst uns mal alle reingehen.« Babsi machte Sturzflüge und schlug fast Purzelbäume vor Freude.

Natürlich sprachen alle durcheinander. »Lebt Sir Henry noch? Seid ihr gut nach Hause gekommen?«

»Ach, das ist eine lange Geschichte, wir mussten so manches Hindernis in Kauf nehmen. Irgendwann sind wir dann doch gut angekommen.« »Nun mal langsam. Sir Edward, der Abgesandte des Königs, hat euch etwas mitzuteilen.« Er richtete sich auf und sprach: »Sir Henry wird in drei Wochen zum König gekrönt und möchte Sie, Familie Buchmann, und alle seine Freunde, die er hier kennengelernt hat, dazu einladen. Außerdem haben wir noch eine Aufgabe: Wir müssen Sir James mit nach Hause nehmen. Der wird in der Königsgruft begraben, wo seine Vorfahren bereits liegen.«

Die Mama antwortete: »O mein Gott, das kann ich nicht mit ansehen. Und ob wir kommen können, das liegt an unserem Vater, ob er so einfach frei machen kann.« Sir Edward sagte: »Ich glaube, ein Feiertag liegt vor dem Wochenende, da bräuchte er nicht extra einen Tag frei machen, das würde dann passen.« »Ich rede gleich mit ihm. Wie lange bleibt ihr hier?« Sahra sagte: »Wir graben Sir. James aus, danach fliegen wir gleich zurück. Es gibt viel auf dem Schloss zu tun. Die Krönung muss ja vorbereitet werden.« »Das hört sich alles schön an, Sahra. Wir kennen uns in England gar nicht aus, und eine Krönung haben wir auch noch nicht mitgemacht. Was ist mit der Kleidung? Was trägt man auf einer königlichen Beerdigung und einer Krönung? Ach, ich weiß nicht so recht, ob das was für uns ist.«

»Aber Frau Buchmann, das ist alles kein Problem. Unsere Damen Ms. Mary und Ms. Lena stehen

Ihnen zur Seite.« Dann klopfte es laut an der Terrassentür. »Wer kann das sein?« »Schau mal nach«, sagte Jenny zu Tim. »O, es ist Sophie mit Brille, sie freut sich über den Besuch von Sahra. Die zwei kennen sich schon länger aus England.« Sie fielen sich um den Hals.

Bei dem Krach wurde der Papa wach und kam in die Küche. Die Küche war ziemlich überfüllt. »Was ist denn hier los?« Dann erblickte er Sarah. »Ist was mit Henry?« »Nein, nein, Ihre Frau wird Ihnen gleich alles erzählen. Wir müssen uns beeilen und nehmen Sir James mit nach Hause.« »Wartet einen Moment, ich helfe euch.« »Ist schon erledigt, Herr Buchmann, unsere Helfer haben Sir James bereits in den Hubschrauber gelegt. Wir müssen, die Zeit drängt.« »Wer hat den Hubschrauber geflogen?« »Ich, damit geht es auch gleich wieder los.« Im letzten Moment sah der Vater das königliche Wappen am Hubschrauber. »Was hat das alles zu bedeuten?«

Draußen auf dem Hof waren noch alle versammelt und warteten neugierig, was passieren würde. Sir Edward stellte sich auf die Treppe des Wintergartens. »Hört zu, meine Freunde, ich habe euch etwas mitzuteilen. Sir Henry wird am 31. Oktober zum König gekrönt, ihr seid alle eingeladen.« »Wir sind alle, wirklich alle eingeladen?«, fragte Schlappi. »Nehmt ihr die Einladung an?« Die gesamten Nachbarschaftstiere riefen: »Ja, natürlich nehmen wir die Einladung an.« »Sind wir wirklich alle eingeladen?«, fragte Tim. »Ja, das seid ihr!« Der Vater sagte gleich: »Das geht auf keinen Fall. Ich muss arbeiten, muss abklären, ob ich da freibekommen kann.« »Herr Buchmann, ich kann Sie beruhigen«, sagte Sir Edward, »an dem Wochenende ist ein Feiertag. Das hat Sir Henry mitberücksichtigt und die Krönung so angesetzt, dass ihr alle daran teilnehmen könnt.«

»Aber es geht trotzdem nicht. Wie und wo soll ich die alle unterbringen, ich habe doch keinen Bus!« »Och Papa, wir haben doch einen großen Kombi!« »Alle in den Wagen, nein, das geht nun wirklich nicht.« »Wir sind auch ganz leise und artig.« »Dann zähl doch schon mal durch, Jenny.« »Haben wir schon«, sagten Jenny und Tim wie aus einem Munde, »es sind dreißig.« »Seht ihr, wie soll ich euch alle da reinkriegen?« »Papa, du hast doch den großen Dachträger im Keller, da passen jede Menge rein, wirst sehen.« »Ich werde es mir überlegen.« »Wir wollen aber alle mitkommen!« »Das werden wir dann sehen.« Sarah drängte. »Wir brauchen jetzt die Antwort, wir müssen ja alles vorbereiten.« »Ja, dann meinetwegen, aber mir graut es jetzt schon.«

»Gut«, sagte der Adjutant des Königs, »hier ist die Adresse. Alles andere wird komplett vorbereitet, Sie brauchen sich um nichts zu kümmern.« Tim und Jenny gingen noch mal mit an den Hubschrauber. Sie wollten sich von Sir James verabschieden und strichen mit ihren Händen über die Kiste. »Igitt, der ist ja nass!« »Das macht nichts«, sagte

Sahra, »das wird bei uns zu Hause alles erneuert.«
Dann umarmten sie sich kurz, es flossen natürlich
ein paar Tränen. »Bitte nicht weinen, uns fällt der
Abschied auch schwer. Wir sehen uns doch in drei
Wochen wieder.« Der Pilot warf den Motor an, Sahra nahm als Co-Pilotin Platz und los ging es. Ratter,
ratter, ratter, ratter - schon flog er weg. Alle hielten
einen Moment inne und waren traurig, aber auch
gespannt.

Im Garten wurde durcheinander gesprochen,
keiner konnte so recht etwas verstehen. Alle freuten sich, dass Vater sie mit nach England nehmen
wollte. Ganz besonders freute sich Schlappi. Er
lief kreuz und quer über den Hof und sang: »Wir
fahren nach England. Hippie hey, wir fahren nach
England. Hippie hey, da wollte ich immer schon
mal hin.«

»Mach mal langsam«, sagte Jenny, »ob Papa uns
wirklich alle mitnehmen wird und ob wir wirklich
fahren, das weiß ich noch nicht.« »Wieso?«, fragte
Schlappi. »Dein Vater hat doch gerade zugesagt.«
»Ich denke, ihr seid dem Papa zu laut und zu unruhig. Könnt ihr mehrere Stunden wirklich ruhig
und leise sein?« »Natürlich, wenn wir müssen, können wir das, wir wollen doch alle mit.« »Das ganze
Gepäck, es wird schon ganz schön eng werden im
Auto.« »Oh, das wird noch manche Diskussionen
geben. Es ist doch noch Zeit, bis dahin haben wir
eine Lösung.«

»Viel Zeit haben wir nicht, drei Wochen hört sich zwar lang an, die gehen aber schnell vorbei.« Jenny begann direkt mit der Planung. »Hört mal alle zu: Alle kleinen Stofftiere, alle ohne Ausnahme, kommen in den Dachträger. Unsere Koffer ebenfalls, wir packen nur das Nötigste ein.« »Aber was machen wir, wenn es regnet?« »Keine Sorge, die Koffer sind wasserdicht.« »Aber wir bekommen doch dann keine frische Luft.« »Doch, wenn wir Rast machen, öffnen wir den Koffer kurz.« »Aber nur dann, wenn absolute Ruhe ist, denn Papa will hier kein Gejammer oder Genörgel von wegen »ich habe Hunger«, »ich habe Durst«, »ich muss aufs Klo« hören. Ihr wisst, Papa macht kurzen Prozess und schmeißt euch alle raus. Also überlegt es euch gut, ob ihr das könnt.« »Wir schaffen das«, sagten alle und versprachen es hoch und heilig. »Die anderen großen Stofftiere wie Samson, Mr. Tom, das Eichhörnchen, Sophie und Babsi kommen in einen Karton auf den Rücksitz. Tanzt hier aber nur einer aus der Reihe, bleiben alle hier. War das deutlich genug?« Alle waren direkt damit einverstanden und murmelten vor sich hin: »Ja, wir haben verstanden, wir werden uns ruhig verhalten, denn wir wollen doch alle unseren Henry wiedersehen.«

Am Tag der Abreise standen alle früher auf. Tim und Jenny hatten bereits alles verpackt und verstaut, der Rest stand fein angezogen und brav auf dem Hof. »Na, alles gepackt und reisefertig?«, fragte Vater. »Ja, hier ist der Koffer für auf das Dach. Wo sind die anderen?« »Die holen wir kurz vor der

Abfahrt, wer muss noch mal auf die Toilette?« »Wir waren gerade und sind jetzt reisefertig«, sagte Jenny. »Dann holt noch eure Reisebegleiter.« »Die sind schon drin«, sagte Tim. »Ja, dann können wir ja fahren!« »Nein, nein, Papa, zwei fehlen noch!« Da kamen die beiden auch schon angeflogen, Sophie mit Brille - cool sah sie aus. Sie legte sich sofort ins Auto in die dunkelste Ecke. Nur Babsi hatte ihren Platz noch nicht gefunden. »Wo ist Schlappi? Ich liege doch sonst immer auf seinem Ohr.« »Im Koffer auf dem Autodach, das weißt du doch. Das war so ausgemacht, mach jetzt keinen Aufstand, sonst bleibst du hier!«, sagte Jenny. Dann flog Babsi artig zu Sophie und sagte: »Ich bin ganz aufgeregt, du auch?« »Mann, Babsi, gib Ruhe, ich muss schlafen.« Die Mama machte in der Wohnung noch eine Kontrolle, ob alles in Ordnung war, schloss die Türen hinter sich zu und stieg als Letzte ins Auto. »So, alles anschnallen, es geht los: auf nach England.«

Familie Buchmann fährt nach England

Wie versprochen war es im Auto still, der Papa hatte keinen Grund zu meckern. »An der nächsten Raststätte halten wir kurz an und machen eine Pause.« Der Parkplatz war ziemlich voll, aber das störte sie nicht. Mama nahm die Kühltasche mit und suchte sich einen freien Platz. Jenny ließ die anderen, aussteigen mit der Ansage: »Alle im Gänsemarsch über die Wiese zum Tisch. So, jetzt gibt es Essen für alle«, sagte die Mama und packte die mitgebrachten Brote aus. Alle aßen ganz still ihre Brote. Jenny frage den Papa: »Können wir die anderen nicht auch mal schnell rausholen an die frische Luft?« »Wo sind die denn?«, fragte er verdutzt?

»Im Dachträger!« »Wie stellst du dir das denn vor? Wenn ich den Deckel öffne, springen wie wild raus. Nein, nein, das geht nicht, wir verlieren zu viel Zeit.« »Bitte, bitte Papa, schau, die anderen sind auch brav. Wir halten uns an unsere Abmachung, wir haben alles wie besprochen im Griff.« Papa ließ sich dann doch überreden und öffnete den Dachträger.

»O, sind wir schon da?«, fragte Schlappi, »endlich frische Luft!« Sie sprangen nacheinander aus dem Koffer und liefen auf die Wiese. »Meine Güte«, sagte Papa, »die habt ihr aber im Griff. Das hätte ich nicht gedacht. Respekt! Wie habt ihr das denn geschafft, dass sie sich so benehmen?« »Ganz einfach: Wer sich nicht benimmt, bleibt zu Hause.« »Wenn ihr euch auch so gut im Schloss benehmt, bin ich stolz auf euch.« »Das kannst du auch, wirst sehen Papa«, sagte Tim.

Die Leute auf dem Parkplatz trauten ihren Augen nicht und tuschelten: »Das sind bestimmt Leute vom Zirkus, die haben die kleinen Affen jetzt schon wie einen Teddy angezogen. Schau dir mal den Hund und die Puppe an! Das ist doch nicht normal. Mann, die schrecken aber auch vor nichts zurück.« Tim und Jenny hörten dieses und lachten: »So, nun gibt es eine Vorstellung, die sich gewaschen hat. Du, Schlappi, nimmst Oskar und Luis auf deine Ohren. Babsi, flieg du auf den Rücken und Sophie hinterher. Ach, die schläft ja noch im Auto, es ist zu hell. Dann in Richtung Auto, aber im Gänsemarsch!« Die Leute staunten nicht schlecht und sagten: »Das haben wir ja noch nicht gesehen! Macht schnell ein paar Fotos, das glaubt uns sonst keiner.« »Das habt ihr gut gemacht!«, die Eltern, die dieses auch mitbekamen, konnten sich das Grinsen nicht verkneifen und sagten stolz: »Damit könntet ihr jetzt wirklich im Zirkus auftreten.« »Alles wieder einsteigen, die Fahrt geht weiter, das letzte Stück schaffen wir auch noch.«

In England angekommen

Nach zwei Stunden Autofahrt kamen sie endlich an. Sie wurden von Ms. Lena und Ms. Mary herzlich begrüßt und empfangen. Papa flüsterte: »Die anderen lassen wir bitte noch im Auto, damit die Leute keinen Schreck bekommen.« »Wir freuen uns sehr, Sie alle kennenzulernen. Aber wo ist denn der Rest?« »Wen meinen sie denn?« »Die Helden und Beschützer, ich meine Oskar, Luis, Schlappi und die anderen alle. Sie wollten doch mit 30 Personen anreisen. Herr Buchmann, keine Sorge, wir wissen alle Bescheid. Wir haben uns gründlich vorbereitet.«

Der Papa öffnete mit klopfendem Herzen den Koffer des Dachträgers. Alle kletterten ruhig aus, ohne Eile und Genörgel. Sie stellten sich in einer Reihe auf und sagten ihren Namen, so wie es abgesprochen war. Jenny war sehr stolz. Als alle versammelt waren und sich vorgestellt hatten, staunten sie erst einmal. »Oh, ist das schön hier.« Eine kräftige Stimme holte sie aus ihrem Staunen zurück. »Geben Sie mir bitte Ihr Gepäck und folgen Sie mir, die Kleinen können sich auf den Wagen setzen.« Sie gingen durch die schöne Parkanlage, dann über eine Brücke und standen plötzlich vor einer großen Tür mit Messingbeschlägen. »Oh, ist das Gold?«, fragte Schlappi.

Ein Kammerdiener öffnete die Tür und sagte mit freundlicher Stimme: »Bitte kommen Sie herein, das ist Ihr Zuhause, solange Sie hier sind. Ich bin die ganze Zeit für Sie da. Ich heiße Heinrich und wohne gleich nebenan. Ich bin für Ihre Wünsche zuständig. Sie können mich gerne jederzeit über das Haustelefon anrufen oder direkt ansprechen. Die nächste Mahlzeit ist um 20 Uhr, da haben Sie Gelegenheit, Henry und Sahra zu treffen. Die Krönung ist morgen am Sonntag um 15 Uhr. Es werden viele Mäuse kommen aus allen Herren und Länder. Nun können Sie sich etwas ausruhen und sich frisch machen. Also bis gleich!«

Mama und Papa waren überrascht davon, wie ihre Kinder e ihre Freunde im Griff hatten, wie sie sich in eine Reihe gestellt und sich einzeln vorgestellt hatten. »Toll, wie habt ihr das so hinbekommen, die ganze Horde so ruhig zu halten?« »Wir haben einfach gesagt, dass Papa sie nur mitnimmt, wenn Ruhe herrscht und sie sich benehmen. Kein Zank, kein Streit, sonst müssen alle zu Hause bleiben und dürfen nicht an der Krönung teilnehmen.« »Klappt das morgen auch?« »Aber ja, Mama.«

Tim und Jenny wollten sich nicht ausruhen, sie wollten sich lieber den Park ansehen. »Wir wollen auch mit«, sagten Oskar, Luis, Babsi und Püppchen. »Eigentlich wollten Tim und ich allein gehen«, sagte Jenny, »denn ihr habt ja schon die guten Anzüge für die Krönung morgen an. Ich habe keine Ersatzkleidung für euch mit. Das wäre zu viel Gepäck ge-

wesen und dann hätte nicht alles ins Auto gepasst.«
»Könnt ihr uns nicht auf euren Armen tragen? Ach,
Jenny, bitte nehmt uns mit. Wir waren die ganze
Zeit oben im Koffer und freuen uns auch auf fri-
sche Luft.« »Dann kommt halt mit, ihr Quälgeister.«

Der Park war wirklich sehr schön, und so schlen-
derten sie einfach drauf los. Auf einmal standen sie
vor einem Schloss. »Wow, hier soll Sir Henry morgen gekrönt werden. Lasst uns mal reinschauen.«
Vor der Tür standen zwei Soldaten. Tim sagte direkt: »Schau dir mal die Mützen an, die sehen ja komisch aus.« Die Soldaten fragten gleich: »Wo wollt
ihr denn hin?« »Wir möchten uns nur die Kirche
anschauen. Unser Freund Sir Henry wird morgen
um 15 Uhr zum König gekrönt.« »Mit Sicherheit
wird hier morgen keine Krönung stattfinden.«
»Doch«, sagte Tim und es sprudelte nur so aus ihm
heraus. »Er hat uns doch eingeladen, sein Onkel ist
bei uns im Keller gestorben und jetzt muss er König
werden.«

»Ach, Kinder das habt ihr wohl geträumt oder
ihr schaut zu viel Fernsehen. Hier gibt es keinen
Sir Henry.« »Lass sie rein!«, sagte einer der Soldaten, »damit sie sich die schöne Kirche anschauen
können.« »Wenn ihr euch die Kirche anschauen
wollt, bitte die Teddys und Puppen im Vorraum ab-
legen.« Tim lief gleich auf die Krone zu. »Da ist sie
doch!« »Was ist da?« »Na, die Krone für Sir Henry.«
»Aber Junge, was faselst du denn da.« Tim wurde
ganz traurig.

»Jenny, sag doch mal was. Das soll es alles nicht gegeben haben? Sir James, Henry, Sahra, der Hubschrauber, die haben doch den Sarg mitgenommen. Komm, lass uns schnell nach Hause gehen, das müssen wir den Eltern erzählen.« Jenny stupste Tim an. »Vielleicht sind wir auch in der falschen Kirche, komm, wir gehen.« Traurig gingen sie nach Hause. Die beiden Soldaten unterhielten sich noch. »Gut, dass wir die Teddys und die Puppe nicht reingelassen haben, sonst hätten die noch mit ihrer Fernsteuerung etwas kaputt gemacht. Ich kenne zwar ferngesteuerte Autos, aber keine Teddys und Puppen, die laufen und sprechen können, das habe ich noch nie gesehen. Es gibt immer neues und verrücktes Spielzeug, aber das würde ich meinen Kindern nicht kaufen.«

Auf dem Nachhauseweg trafen die beiden Mr. Heinrich. »Na, ihr beiden, habt ihr euch ein bisschen umgeschaut?« »Ja, wir waren am Schloss, wo Sir Henry morgen gekrönt wird. Die Polizisten wollten uns nicht reinlassen, aber ich habe mit eigenen Augen die Krone gesehen.« »O Kinder, das war genau die vorige Unterkunft, wo so viele ihr Zuhause verloren haben, das war ein so schönes Zuhause.«

»O, die Armen, das hatten uns Sir James und Sir Henry erzählt. War das genau dieses Schloss? Das steht doch noch!« »Tim, wir lebten nicht im Schloss, sondern in dessen Kellern und Nebengebäuden, und davon ist eins abgerissen worden. Nun hatten viele kein Zuhause mehr. Aber ihr beide wart in der falschen Kirche. Dort hinter dem kleinen Wäldchen, das ist die Kirche. Da wird gerade fleißig für die Krönung geprobt und geschmückt.«

Inzwischen hatten sich die Eltern etwas ausgeruht und frisch gemacht, um 19 Uhr wurden alle abgeholt zum großen Abendessen. Alle trafen sich in der Eingangshalle, alle bereits sehr fein angezogen. Schlappi mit neuen Schuhen, Oskar und Luis mit einem Schlips, und Babsi hat sich fein herausgeputzt. Sie setzte sich wie immer auf Schlappis Kopf. »Wo ist Sophie?«, fragte Babsi. »Die kommt später, sie ist direkt nach der Ankunft zu ihren Eltern geflogen. Sie hat ihre Familie seit der Flucht nicht mehr gesehen.«

Mr. Heinrich war sehr pünktlich, der Wagen fuhr vor. »Bitte die Herrschaften, alles einsteigen«. Es war eine schöne Fahrt durch London und die Parks. Nun standen sie vor einem kleinen schönen Schlösschen. »O je, wer wohnt hier?« »Hier wohnte Sir James, jetzt darf Sir Henry hier wohnen. Das ist die berühmte Mäusestadt, hier wohnen nur Prinzen, Könige und Edelleute.« »Das sieht auch edel aus«, sagte Tim. Ms. Mary öffnete die Tür und sagte: »Herzlich willkommen, Sie werden bereits erwartet«.

Sir Henry lief aufgeregt im Zimmer auf und ab und konnte es nicht erwarten, seine Freunde wiederzusehen. Die Begrüßung war so herzlich und lange, dass Ms. Mary eingreifen musste und sagte: »Meine Freunde, Sir Henry, das Essen wird kalt. Die anderen Gäste warten ungeduldig und wollen auch den Besuch aus Deutschland kennenlernen.« Sie wurden in einen großen, hell erleuchteten Raum geführt. Der Tisch war so schön geschmückt, es standen leckere Speisen darauf. Viele Gäste saßen bereits am Tisch und warteten, dass der Besuch kam. Endlich stellte Sir Henry seine Freunde vor und wünschte ihnen allen einen guten Appetit.

Beim Essen wurde viel erzählt. Alle Helfer wurden andauernd gelobt, wie tapfer sie waren. Vor allem war Schlappi der Held. Langsam wurde Babsi wütend und konnte sich nicht mehr beherrschen. Sie flog hin und her. »Und ich, habe ich nichts getan?« »Aber Babsi, sicher«, sagte Sir Henry, »du warst doch immer unsere Feuerwehr und warst immer zur Stelle, egal wo es brannte. Nun setze dich hin und genieße den Abend.«

Die Zeit verging sehr schnell und Big Ben schlug bereits Mitternacht. »Nun lasst uns zu Bett gehen, morgen wird es anstrengend.« Jenny sagte: »Ich habe Sophie vermisst.« »Die lässt sich entschuldigen, ihre Mutter ist krank. Aber zum gemeinsamen Frühstück ist sie da.« Babsi sagte gleich: »Das geht doch nicht wegen des Lichts.« Sir Henry sagte darauf lächelnd: »Lasst euch überraschen. Bei Jennys und Tims Familie gibt es immer einen Ausweg. Nun gute Nacht, Freunde.« Sahra blieb bei Henry, half aber noch etwas aufzuräumen.

Auf dem Weg zu ihren Zimmern fragte Jenny Mr. Heinrich: »Wo findet denn nun die Krönung morgen statt?« »Lasst euch morgen überraschen, ihr werdet pünktlich um 14 Uhr abgeholt«. So richtig schlafen wollte keiner, es gab einfach viel zu viel zu erzählen.

Die Krönung

Am nächsten Morgen fragte Mr. Heinrich. »Na, habt ihr alle gut geschlafen?« »Ja, ja«, riefen alle. Tim fragte:»Fahren wir gleich wieder in das schöne Haus zum Frühstück?« »Nein, da laufen alle Vorbereitungen für die Krönung. Gefrühstückt wird heute im Nebenhaus, es sind nur ein paar Schritte von hier.« Die anderen Gäste fanden es lustig, Sophie mit der Brille zu sehen.

Nach dem gemeinsamen Frühstück wollte Mr. Heinrich Familie Buchmann verschiede Sehenswürdigkeiten in London zeigen, und zwar ohne den ganzen Anhang, also nur Papa, Mama, Tim und Jenny. Das wollten Oskar, Luis, Schlappi, Püppchen und Babsi nicht so hinnehmen und waren richtig sauer. »Das ist unfair, jetzt sind wir einmal in London und dürfen nicht mit. Das ist nicht fair,« schimpften sie und maulten so richtig rum. »Mama und Papa, lasst euch bitte was einfallen«, sagte Tim, »sie haben ja recht.«

Jenny sagte darauf: »Es gibt auch Grenzen. Ins Museum dürft ihr einfach nicht rein. Aber ich habe eine Idee: Oskar und Luis kommen in den Rucksack, Schlappi in deine Handtasche, Mama, und Püppchen trage ich auf dem Arm. Babsi sitzt sowieso immer irgendwo auf dem Kopf oder der Schulter, die fällt gar nicht auf.« Daraufhin sagte

Mama: »Aber nur, wenn sie sich leise und anständig verhalten.« »Mama, das haben sie doch schon bewiesen, oder?« »Wir versuchen es einfach, es wird schon gut gehen.«

Die Eltern waren von den Sehenswürdigkeiten im Museum sehr beeindruckt, für Jenny und Tim war es langweilig. Oskar und Luis murmelten vor sich hin: »Da hätten wir auch zu Hause bleiben können, das ist stinklangweilig.« Mr. Heinrich war sehr bemüht und wollte allen eine Freude machen. Aber der Funke wollte einfach nicht überspringen. Dann machte er der Familie den Vorschlag, das Eisenbahnmuseum zu besuchen. »O ja!«, riefen Tim, Oskar und Luis direkt. Dieser Besuch war natürlich spannender als das Museum und die Zeit ging so schnell vorbei.

In der Zwischenzeit musste Henry üben, üben, üben. Es musste ja perfekt sein. In der Kirche war auch noch viel zu tun: die Bänke reinigen, die Bilder entstauben, den roten Mantel ausbürsten, die Krone musste poliert werden. Mr. Heinrich zeigt auf die Uhr: »Wir müssen nach Hause, um 14.30 Uhr werden sie abgeholt.« Auf dem Weg nach Hause fiel ihnen auf, dass sehr viele Mäuse unterwegs waren. »Wo kommen die ganzen Mäuse her und wo wollen die hin?«, fragte Tim. »Schaut mal, die sind ja alle schwarz angezogen. Gehen die auf eine Beerdigung?« »Nein, nein, Tim, die gehen alle zur Krönung von Sir Henry, und es werden noch viel mehr kommen, denn ganz London ist dabei und freut sich.«

Zu Hause angekommen war eine leichte Hektik zu spüren. Oskar sagte zuerst: »So kann ich nicht in die Kirche gehen, meine Schuhe sind schmutzig.« Luis sagte: »Mein Schlips hat einen Fleck.« Und schon waren Ms. Mary und Ms. Lena zur Stelle. »Das ist für uns doch kein Problem, wir sind für Sie alle da und regeln das.«

Endlich waren alle fein angezogen und zur Abholung bereit. Mr. Heinrich stand mit der großen Limousine vor der Tür. »Du meine Güte, habt ihr euch fein, gemacht.« »Das ist heute ja auch ein besonderer Anlass, denn unser Freund Henry wird heute König und wir dürfen in der ersten Reihe sitzen.«

Als sie an der Kirche ankamen, standen bereits Hunderte, nein es mussten mehr sein, Tausende Mäuse mit ihren Familien fein gekleidet vor der Kirche. Mr. O´Brayen nahm Familie Buchmann mit Gefolge in Empfang und brachte sie an ihre Plätze. Alle Mäuse verbeugten sich und klatschten mit ihren kleinen Pfötchen. Jenny fragte: »Warum machen die das?« »Sie wissen alle, dass ihr Sir James und Sir Henry gerettet habt. Damit wollen sie ihre Dankbarkeit ausdrücken«. Oskar und Luis warfen sich in die Brust und sagten: »Wir waren auch beteiligt.« »Aber natürlich, das wissen die auch, alle wissen, dass die ganze Familie ihr Bestes gegeben hat.«

Die Kirche war so schön geschmückt, egal wohin man blickte. Dann wurden alle Kerzen angezündet, alle standen auf und sangen ein Loblied, welches mit der Orgel begleitet wurde. Die ganze Familie war so gerührt, dass sie mit den Tränen kämpfen musste. Danach gab der Priester ein Zeichen, dass sich die Gemeinde wieder setzen solle.

Dann eine kurze Stille, die Tür ging auf, Sir Henry betrat mit seinem Gefolge die Kirche und die Krönung begann. Langsam schritt er über den roten Teppich, ein leises Orgelspiel untermalte die feierliche Stimmung. Sir Henry trug eine wunderbare rote Uniform mit vielen Goldknöpfen, Lackschuhe und um den Hals ein Kreuz. Papa sagte: »Das haben wir aber noch nicht gesehen, ich glaube, es gehörte König Georg, danach sollte es Sir James tragen, nun wurde es ihm vererbt.«

»Henry kommt mir heute so groß vor.« »Nun ja, er hält sich sehr aufrecht.« Und er genoss es, dass alle Augen auf ihn gerichtet waren. Die Kirche erstrahlte im Licht der Sonne, die Glasfenster mit ihren verschiedenen Mustern kamen so richtig zur Geltung. Es war unheimlich still, und jeder war gespannt, was nun geschehen würde. Eine ungewöhnliche Spannung, ein kleiner Luftzug, man hätte meinen können, 100 Engel würden durch die Kirche fliegen. Sir Henry nahm in dem mit rotem Samt bezogenen schönen Sessel Platz, neben ihm rechts und links saßen die zwei Priester. Es ertönte der Chor mit einem wunderschönen Lied, gesungen von Hunderten von Mäusen, begleitet von der Orgel. Das war so schön, man bekam direkt eine Gänsehaut und es hörte sich einfach himmlisch an.

Als das Lied zu Ende war, begrüßte Priester O'Brayen die Gemeinde und die Ehrengäste. »Wir stehen heute einem wunderbaren Ereignis gegenüber, ich als Priester darf heute Sir Henry zum König krönen.« Zwei Staatsoberhäupter brachten die Krone auf einem Samtkissen, ein anderer trug das Zepter. Einer der Priester ging langsam auf Sir Henry zu, setzte ihm die Krone auf und sprach: »Ich kröne dich heute zum neuen Mäusekönig Henry den Ersten von Edinburgh mit den Ländereien von James von Westminster und König von Windsor.«

Alle standen auf, verneigten sich vor ihrem neuen König, die Orgel untermalte den feierlichen Gesang des wunderbaren Chors. Die Mama schaute sich in der Kirche vorsichtig um, sie wollte unbedingt einen Blick auf den Chor haben. »Die singen so schön!«, sie musste vor Rührung fast weinen. Dann kam ihr in den Sinn: Du meine Güte, das hätten wir alles nicht erleben können, wenn Sir James in der Mülltonne gelandet wäre. Was ein Glück, dass die Kinder so gekämpft haben. Auch Oskar, Luis, Püppchen und Schlappi waren gerührt von den Feierlichkeiten, sie schauten sich nach allen Ecken um.

»Wo sind Babsi und Sophie?« Jenny sagte leise: »Die sind ganz oben in der Kirchenkuppel, im rechten Bogen. Da ist es nicht zu hell und sie haben einen guten Platz.« Nun wurde eine kurze Rede gehalten, anschließend erteilte der Priester den Segen und beendete die Krönung mit den Worten: »Seid dem König treue Untertanen, er wird das Vermächtnis von König James, der sein Amt nicht antreten konnte, weiterführen.« Als die Krönung zu Ende war, standen alle noch einmal auf und beteten. »Nun«, sagte der Priester, »hat der neue König Henry das Wort.«

»Vielen Dank für die netten Worte, nehmt bitte wieder eure Plätze ein. Jetzt bitte ich meine Freunde nach vorne an den Altar. Bitte«, sagte er und zeigte auf Familie Buchmann. »Ja, ich darf meine Freunde sagen. Es sind ganz besondere Menschen, denn ohne sie wäre ich heute nicht hier«. Er begrüßte sie alle nacheinander, und ohne Zögern erzählte er die ganze Geschichte von der Flucht bis zur Rettung und dem Tod von Sir James.

Es war wieder mäuschenstill, weil die Geschichte ja auch sehr spannend war. »Ich möchte mich mit einem besonderen Orden bei euch bedanken«, sagte König Henry. Andächtig standen sie dort oben vor dem Altar. Jeder bekam einen Orden um den Hals gelegt. »Na, da fehlen doch noch zwei. Wo sind Babsi und Sophie?« »Die hängen oben in der Kuppel.« König Henry schmunzelte und rief mit lauter Stimme: »Na, ihr beiden, braucht ihr eine extra Einladung? Kommt runter, ich möchte mich auch bei euch bedanken.« Dann kam Babsi im Sturzflug angeflogen.

»Du, Herr König ...« »Aber Babsi, für dich und euch bleibe ich Henry. Beruhige dich erst mal, du bist ja ganz aufgeregt.« »Nein, das geht jetzt nicht. Sophie hängt dort oben fest, sie kann sich nicht mehr bewegen.« »Das ist ja schrecklich.« Henry bat sofort den Adjutanten Sir Edward zu sich. Babsi erzählte dem Adjutanten, was geschehen war. »Ich kümmere mich sofort darum«. Es dauerte nicht lange, da erschien auch schon die Mäusefeuerwehr mit ihren langen und großen Leitern. Sie erkannten sofort, dass sie auch mit ihren Leitern nichts ausrichten konnten.

Der Chef der Feuerwehr sagte: »Wir brauchen schnell ein paar freiwillige, mutige und starke Helfer.« Keiner in der Kirche wusste, was da geschah, alles schaute auf den neuen König. Der König bat um freiwillige Helfer, erklärte die Situation, und schon stand eine Schar von Mäusen zur Hilfe bereit. Babsi flog vor und zeigte den Weg.

Der Feuermann übernahm das Kommando. Er kletterte die Säulen hinauf bis in den Bogen, dabei riss er seine Jacke kaputt. »Auch das noch, das war mein bestes Stück. Aber was macht man nicht alles für seinen König.« Oben in der Kuppel angekommen waren sie erst einmal außer Puste und staunten. »Das habe ich ja noch nie gesehen!« »Was denn?«, fragten die anderen Mäuse von der Feuerwehr, die hinter ihm standen. »Schaut mal richtig hin. Eine Fledermaus mit Sonnenbrille, wie cool ist das denn.« Er konnte sich das Grinsen kaum verkneifen.

Babsi klärte die Feuermänner auf. »Das war unser Problem, ohne diese Brille konnte Sophie nicht an der Krönung teilnehmen. Es ist viel zu hell für sie.« »Das war doch eine super Idee von euch. Was ist dann passiert?« »Sie wollte sich hier auf dem Balken etwas nach links drehen, um besser sehen zu können. Dabei ist die Brille verrutscht, ein Brillenbügel hängt ihr jetzt unter dem Flügel und nichts geht mehr.«

»Am besten du lässt dich runterfallen«, sagte der Feuerwehrmann. »Dann machst du die Flügel auf und die Brille fällt raus.« »Und wenn das nicht funktioniert, breche ich mir alle Knochen. Nein danke.« »Ansonsten weiß ich nicht, wie wir dir auf die Schnelle helfen können.« »Dann lasst euch gefälligst was einfallen, ihr seid doch die Feuerwehr.« »Nun lass uns mal näher dran.« Vorsichtig wollten sie den Bügel von dem Flügel heben, das tat aber weh. »Mensch, passt doch auf, ich kann mich nicht mehr lange so halten.« Die Helfer gaben sich wirklich große Mühe. Sie turnten hin und her, sie spannten erst einmal mehrere Seile, um sich selbst besser bewegen zu können. Dabei fielen ein paar Steine aus der Mauer direkt vor dem Altar. Dabei erschrak die ganze Gemeinde. »Es tut uns leid, wir konnten nichts dafür. Es will einfach nicht klappen.«

»Die Brille bekommen wir so nicht entfernt, eine Zange wäre da besser.« »Wie sollen wir die hier hochkriegen? Die ist doch viel zu schwer für uns«. »Siehst du eine andere Möglichkeit? Ich nicht.« Zwei starke Mäuse seilten sich ab, um eine Zange zu besorgen. »Mensch, ist die schwer! Ob wir die bis nach oben kriegen? Da brauchen wir noch ein paar Leute, die mit anfassen. Wir beide allein schaffen das mit Sicherheit nicht.« »Wir binden die Zange an ein Seil und ziehen sie damit hoch.«

Einige Mäuse waren mit der Zange beschäftigt, die anderen mussten mehr Seile spannen, damit die Feuerwehrleute sich besser bewegen konnten, denn sie hatten in der Glaskuppel keinen Halt und rutschten immer wieder ab. Der Feuermann sagte: »Das klappt so auch nicht. Wir müssen eine andere Mauer suchen, wo wir mehr Halt haben. Schaut mal rüber an das Fenster, da ist ein kleiner Mauervorsprung, da könnte es klappen.« Sophie seufzte: »Meine Güte, wie lange dauert das denn noch?« »Du siehst doch selbst, wir und die Feuerwehrmänner geben alles.« Die Helfer zogen, an den Seilen, was das Zeug hielt.

Die ganze Kirchengemeinde zitterte mit, und keiner dachte mehr an die feierliche Krönung. Ms. Mary und Ms. Lena sagten: »Konnten die beiden sich keinen anderen Platz aussuchen? Ich meine, Aufregung hatten wir eigentlich genug.« Endlich war die Zange oben angekommen, sie hing zwar etwas schräg am Seil. »Haltet die bloß fest, wenn die runterfällt, war alles umsonst.« Die anderen Mäuse schwangen sich mit dem Seil rüber zum Mauervorsprung. »Schaut mal, da steht ein Nagel etwas vor, daran können wir das Seil befestigen und ihr habt einen besseren Halt.« »O je, ob das klappt?« »Nun zieht und zieht, gleich haben wir es geschafft.«

Babsi bemühte sich, Sophie bei Laune zu halten. »Kannst du noch?« »Mann, du kannst Fragen stellen. Häng du dich doch mal hierhin.« »Ja, du hängst aber wirklich blöd da fest. Wie hast du das eigentlich angestellt?« »Jetzt muss aber bald etwas geschehen, der Brillenbügel drückt meinen Bauch ein.« »Denk an den Orden, Sophie, den du gleich bekommst. Halte durch!« Als die Helfer sich endlich an Sophie herangearbeitet hatten, mussten zwei Helfer ausgetauscht werden, sie waren total erschöpft. Der erste Versuch, mit der Zange den Bügel zu durchtrennen, klappte nicht gleich. Aber beim dritten Versuch machte es klick, der Bügel war durch und fiel auf den Boden.

Sophie und die Helfer waren sichtlich erleichtert. »Mann«, sagte der Feuerwehrmann, »was war das für ein Spektakel, so etwas gib es ja auch nicht alle Tage.« Sophie bedankte sich. »Ich hätte es auch nicht mehr länger ausgehalten.« Sie setzte die kaputte Brille auf und flog runter zum Altar. Denn die Feierlichkeit sollte doch noch zu Ende gebracht werden. Erleichtert vor Freude klatschten alle. König Henry sagte: »Nun lasst uns die Ehrung zu Ende bringen.« Sophie und Babsi bekamen ihren wohlverdienten Orden. Ein letztes Mal sang der Chor, begleitet von der Orgel, und somit gingen die Feierlichkeiten zu Ende.

Alle waren sehr froh, dass nicht noch mehr passiert war. Anschließend wurde in einem großen, schön hergerichteten Saal gefeiert. Die Tische waren mit wunderschönem Geschirr und dem feinsten Silber gedeckt - einfach umwerfend. Familie Buchmann und sie alle hatten einen Ehrenplatz direkt neben dem König.

Es wurde viel gegessen, getrunken, gelacht und erzählt. Immer wieder mussten sie die Geschichte erzählen, und sie feierten bis tief in die Nacht. Auch dieser schöne Tag ging einmal zu Ende. Mr. Heinrich fragte: »Möchten die Herrschaften nach Hause?« »Ja es war schön, aber es ist auch genug. Wir müssen morgen früh, aufstehen und ja, auch wieder zurück nach Hause.« König Henry verabschiedete seine Freunde und wünschte ihnen eine gute Nacht. »Bevor ihr morgen nach Hause fahrt, müsst ihr noch mal bei mir im Büro vorbeikommen.« Im Auto freuten sich alle über ihren besonderen Orden und redeten noch lange über Sophie und dass alles gut ausgegangen ist.

Am nächsten Morgen gingen die Aufregungen weiter. »Wo sind meine Sachen, mein Hemd, mein Schlips, meine Schuhe?« »Nun kommt erst mal alle frühstücken, wir haben die Sachen schnell gereinigt.« »Aber Ms. Mary, das war doch nicht nötig, sie haben doch selbst so viel zu tun.« »Das haben wir sehr gerne gemacht.« Danach ging alles schnell voran. Der Papa wollte nach Hause, denn er musste ja diese Nacht wieder früh aufstehen. Die Koffer waren gepackt und Mr. Heinrich half mit, alles zu verstauen.

Für die Stofftiere Oskar, Luis, Püppchen, Schlappi und Samson hieß es wieder, in den Koffer und ab auf den Dachgepäckträger. Dieses klappte reibungslos, ohne zu maulen. »Oho«, sagte Mr. Heinrich, »ich hatte mir schon Gedanken gemacht, wo die alle sitzen werden. Das ist ja eine großartige Lösung.« Der Abschied fiel allen sehr schwer. »Herr Buchmann, Sie denken bitte daran, noch bei Henry im Büro vorbeizufahren.« »Die Zeit wird knapp, es ist viel Verkehr, bestimmt auch Stau, wir verlieren eigentlich zu viel Zeit, wenn wir noch beim König vorbeifahren.« »Aber Papa«, sagte Tim, »das können wir nicht machen, einfach nach Hause fahren, ohne auf Wiedersehen zu sagen!« »Dann aber schnell, der Dachkoffer bleibt zu.« »Geht klar, in Ordnung!«

Beim König wurden sie schon erwartet. Der ganze Hofstaat war anwesend und empfing die Familie. »Bitte nehmt noch mal einen Augenblick Platz, ich habe noch für jeden eine Urkunde und eine Zeitung. In der Zeitung wurde eure Geschichte verewigt, sogar mit Bildern. Lasst euch noch einmal umarmen. Es war eine schöne Zeit bei euch, die werde ich nicht vergessen. Zum Abschied habe ich noch einen kleinen Wunsch: Schlappi, nimm mich noch einmal auf deine Ohren und wirbele mich rund, das werde ich am meisten vermissen.« Henry zog seine Robe aus und rannte auf das Ohr. »Das hat mir gefehlt, ihr werdet mir alle fehlen. Wenn ich die Schnauze voll habe, komme ich mit meinem Hubschrauber zu euch.«

»Wo sind die anderen, Oskar, Luis, Babsi und Püppchen?« »Na im Dachträger, im Wagen ist nicht so viel Platz«. Dann zog Henry seine königliche Robe wieder aus und sagte: »Von denen muss ich mich aber auch noch verabschieden.« »Dann aber schnell«, sagte Vater. Henry lief zum Wagen und kletterte auf den Dachgepäckträger, der Vater öffnet noch kurz den Koffer. »Was ist los?«, fragten alle. »Ich will mich noch schnell von euch verabschieden, ihr seid doch meine Freunde.« Es wurde noch mal herzlich gelacht und dann tschüss. Der Koffer klappte wieder zu. »Wo ist denn Sophie?« »Die liegt wieder ganz unten im Auto und schläft.« »Dann grüßt sie herzlich von mir.«

Ein letztes »Auf Wiedersehen«, und Familie Buchmann fuhr nach Hause. Sie hatten eine lange Fahrt vor sich, alle waren eingeschlafen, selbst die Mutter machte ein Nickerchen. Nur der Vater fuhr und fuhr. Er hatte große Bedenken, pünktlich die Fähre zu erreichen. »Willst du nicht auch mal eine kleine Pause machen?« »Erst wenn wir das Schiff erreicht haben, kann ich beruhigt auch zwei Stunden schlafen.« Es war sehr viel Verkehr unterwegs, immer wieder dachte der Vater: Hoffentlich verpasse ich die Fähre nicht. Es war sehr knapp. Aber er erreichte sie rechtzeitig. Nun konnte er sich auch ein bisschen ausruhen und schlafen. Denn von Hamburg bis nach Köln waren es ja noch etliche Kilometer, die er fahren musste.

Kurz darauf wurde die Mama wach. »Da bin ich doch tatsächlich wieder eingeschlafen. Ich habe gar nicht gemerkt, dass du auf die Fähre gefahren bist. Ich kümmere mich um die Kinder und alle anderen, wenn sie wach werden. Du schläfst jetzt auch.« Auf der Fähre verlief alles ruhig, alle waren so in ihren Schlaf vertieft, dass sie es nicht merkten, als sie die Fähre verließen. Es war mitten in der Nacht, als sie nach Hause kamen und aus ihren Träumen gerissen wurden. »Hallo, hallo, aufwachen, bitte alle aussteigen!« »Machen wir eine Rast?«, fragte Tim. »Nein, wir sind da, ich meine zu Hause.«

Jenny rieb sich die Augen und sagte: »Ich glaube, ich habe alles nur geträumt.« Halb schlafend stiegen sie aus dem Auto, nahmen ihr Köfferchen mit in die Wohnung, gingen alle nacheinander auf die Toilette. »Die Koffer packen wir morgen aus«, sagte Mama, »wascht euch noch die Hände und das Gesicht, Zähne putzen und dann ab ins Bett.« »Mama, haben wir die ganze Zeit geschlafen?« »Ja«. »Ich bin aber jetzt hellwach.« »Du wirst schon wieder müde, wenn du im Bett liegst, denn morgen ist leider wieder Alltag und Schule.«

»Wo sind Sophie und Babsi, Tim?« »Sophie hängt an ihrem Balken draußen, und Babsi fliegt auch irgendwo da rum. Was ist das für ein Krach draußen? Ich gehe mal nachschauen. O du meine Güte, was geht denn hier ab? Habt ihr kein Zuhause?« »Doch, wir haben den ganzen Tag auf eure Rückkehr gewartet und sind natürlich neugierig.« »Sophie wollte gerade anfangen, uns davon zu erzählen, aber Babsi redete immer dazwischen, von der Krönung und wie sie da in der Kirche fast gestorben ist.« »Das ist natürlich übertrieben, aber gefährlich war es schon«, sagte sie. »Das können wir euch morgen ausführlich erzählen.«

»Babsi, kommst du mit rein oder möchtest du noch draußen bleiben?« »Warte, ich komme mit rein, ich habe genug frische Luft geschnuppert.« »Wo sind die anderen?« »Wie die anderen?«, fragte Mama. »Na, Oskar, Luis, Samson, Schlappi, Mr. Tom und Püppchen!« »Mama, die sind noch im Dachträger! Die werden ordentlich sauer sein«, sagte Jenny. »Ich mache das schon«, sagte Vater und machte den Dachträger auf. »Uns ist es kalt.« »Dann schnell raus mit euch und unter eure Bettdecken bei Tim und Jenny, die wärmen euch. So, ihr Lieben, jetzt alle ins Bett, sonst kommen wir morgen nicht pünktlich raus.«

Am nächsten Morgen kamen sie wirklich nicht aus dem Bett. Sie standen alle neben der Spur. Der arme Papa musste noch früher aufstehen, denn er musste schon wieder um drei Uhr in der Nacht raus. Jenny sagte:»Mama, kneif mich mal, ich träume noch. Die letzten drei Tage gingen schnell vorbei. Und was wir alles erlebt haben. Der Papa muss unbedingt alle Urkunden und Orden aufhängen, damit die jeder sehen kann.«

»Hier Jenny, dein Pausenbrot, und Tim, hier ist deins. Soll ich dich ein Stück bringen, Tim?« »Nein, das brauchst du nicht. Gary wartet bestimmt schon auf mich, ich kann ihm dann alles erzählen.« »Bei mir ist es anders«, sagte Jenny, »bei mir wartet zwar meine Freundin Marion auf mich, aber die glaubt mir kein Wort.«

Als Tim in den Kindergarten kam, wurde er von Gary bereits ungeduldig erwartet. »Erzähle, wie war es?« Aber Tim sagte: »Warte ab, ich möchte, dass alle aus unserer Gruppe zuhören, wenn ich die Geschichte erzähle.« Nachdem er die ganze Geschichte erzählt hatte, sagte seine Leiterin: »Das war ein tolles und schönes Märchen.« »Das sind keine Märchen«, sagte Tim wütend. »Wir haben eine Urkunde und einen Orden bekommen.« »Ja, ist schon gut, Tim, das hört sich alles gut an, was du uns immer erzählst.« Sie flüsterte aber auch mit ihren Kolleginnen. »Ich glaube, ich muss mal mit seiner Mutter darüber reden, was der alles erzählt. Das klingt so unglaublich, dass es wahr sein könnte.«

Gary wollte aber noch viel mehr wissen und die Urkunden und Orden sehen. »Darf ich heute noch mal mit dir nach Hause?« »Aber natürlich, wenn es deine Mutter erlaubt.« Gary wusste ja inzwischen, dass alles wahr war, und er konnte sich selbst davon überzeugen, dass die Urkunden und Orden echt waren. Die ganze Familie schwärmte noch lange von den drei schönen Tagen und der Krönung, auch Samson, Mr. Tom und Sophie mussten immer wieder die Geschichten erzählen.

Nach wochenlanger Langeweile im Hause der Buchmanns fing Babsi an zu weinen und konnte gar nicht aufhören. »Was ist los mit dir? Du bist schon lange Zeit so traurig.« Sie konnte sich gar nicht beruhigen. »Was bedrückt dich denn so?« »Ich bin ganz allein, ich will meine Familie wiederfinden, die ich im Park bei dem großen Sturm verloren habe. Wer weiß, wo die jetzt alle leben.« »Na, da müssen wir mal schauen, ob wir deine Familie im Park finden. Gleich morgen werden wir aufbrechen und deine Familie suchen.«

Wie es weitergeht, erfahrt ihr im nächsten Buch.